भगवान बुद्ध

सु-मन और बुद्धि का उच्चतम विकास –
बोध प्राप्ति के लिए

सरश्री द्वारा रचित श्रेष्ठ पुस्तकें

1. **इन पुस्तकों द्वारा आध्यात्मिक विकास करें**
   - **निःशब्द संवाद का जादू** – जीवन की 111 जिज्ञासाओं का समाधान
   - **विचार नियम** – आपकी कामयाबी का रहस्य
   - **विकास नियम** – आत्मविकास द्वारा संतुष्टि पाने का राज़
   - **ध्यान नियम** – ध्यान योग नाइन्टी
   - **रहस्य नियम** – प्रेम, आनंद, ध्यान, समृद्धि और परमेश्वर प्राप्ति का मार्ग
   - **कर्मयोग नाइन्टी** – हर एक की गीता अलग है
   - The **मन** – कैसे बने मन : नमन, सुमन, अमन और अकंप
   - **कैसे लें ईश्वर से मार्गदर्शन** – जो कर हँसकर कर
   - **अभिमान को करें बाय–बाय**
   - **ए टू ज़ेड 26 सबक** – 26 Lessons of life
2. **इन पुस्तकों द्वारा स्वमदद करें**
   - **असंभव कैसे करें संभव**
   - **मोह, अहंकार और बोरडम से मुक्ति** – सूक्ष्म विकारों पर विजय
   - **भय, चिंता और क्रोध से मुक्ति** – स्थूल विकारों से मुक्ति
   - **नींव नाइन्टी** – नैतिक मूल्यों की संपत्ति
   - **स्वसंवाद का जादू** – अपना रिमोट कंट्रोल कैसे प्राप्त करें
   - **संपूर्ण लक्ष्य** – संपूर्ण विकास कैसे करें
   - **संपूर्ण सफलता का लक्ष्य**
   - **निर्णय और ज़िम्मेदारी** – वचनबद्ध निर्णय और ज़िम्मेदारी कैसे लें
   - **आलस्य से मुक्ति के 7 क़दम**
   - **संपूर्ण प्रशिक्षण** – महारत तकनीकें
3. **इन पुस्तकों द्वारा हर समस्या का समाधान पाएँ**
   - **विचार नियम** का मूल **प्रार्थना बीज**
   - **स्वास्थ्य के लिए विचार नियम**
   - **स्वास्थ्य त्रिकोण** – स्वास्थ्य संपन्न
   - **सुनहरा नियम** – रिश्तों में नई सुगंध
   - **स्वीकार का जादू** – तुरंत ख़ुशी कैसे पाएँ
4. **इन आध्यात्मिक उपन्यासों द्वारा जीवन के गहरे सत्य जानें**
   - मृत्यु का महासत्य **मृत्युंजय**
   - **स्वयं का सामना** – हरक्युलिस की आंतरिक खोज।

भगवान बुद्ध

सु-मन और बुद्धि का उच्चतम विकास –
बोध प्राप्ति के लिए

बेस्टसेलर पुस्तक 'विचार नियम' के रचनाकार
सरश्री

MANJUL
मंजुल पब्लिशिंग हाउस

MANJUL

मंजुल पब्लिशिंग हाउस

कॉरपोरेट एवं संपादकीय कार्यालय

• द्वितीय तल, उषा प्रीत कॉम्प्लेक्स, 42 मालवीय नगर, भोपाल-462 003

विक्रय एवं विपणन कार्यालय

• सी-16, सेक्टर 3, नोएडा, उत्तर प्रदेश - 201301, इंडिया

वेबसाइट : www.manjulindia.com

वितरण केन्द्र

अहमदाबाद, बेंगलुरू, कोच्चि, कोलकाता, चेन्नई,
हैदराबाद, मुम्बई, नई दिल्ली, पुणे

भगवान बुद्ध

तेजज्ञान ग्लोबल फ़ाउंडेशन एक चैरिटेबल संस्था है
जिसका मुख्यालय पुणे, भारत में स्थित है

यह हिन्दी संस्करण 2016 में पहली बार प्रकाशित
9वीं आवृत्ति 2025

ISBN 978-81-8322-744-5

मुद्रण व जिल्दसाज़ी : रेप्रो इंडिया लिमिटेड

सम्राट अशोक
के समर्पण को
समर्पित

हमें बुद्ध यानी
जाग्रत इंसान की
शरण में रहना है।
हमें अपने असली
स्वभाव में रहना है।
हमें संघ की
शरण में रहना है।

विषय सूची

प्रस्तावना

मन, बुद्धि, बोध और बुद्धत्व

संसार एक अजूबा है। इस संसार में नित्य नई घटनाएँ देखकर, सुनकर इंसान का मन हैरान है। लोगों की जातियाँ, पहनावा, रीति-रिवाज़, जीने का ढंग और मान्यताएँ अलग-अलग हैं। इनमें से कौन सही है, कौन ग़लत? हर एक को अपनी मान्यताएँ सही प्रतीत होती हैं। लेकिन इस तिलिस्मी संसार में कुछ लोग बुद्धू न रहकर, बुद्ध बन जाते हैं।

बुद्ध होने की यात्रा में सबसे पहले बुद्धि तथा सामान्य ज्ञान का उपयोग होता है। बुद्धि के उपयोग से ही मान्यताओं का शिकंजा टूटता है। यदि बुद्धि, बुद्धिविलास में अटक जाए तो बुद्धि सुलझाने के बजाय उलझा देती है। बुद्धि का उच्चतम विकास करने से बुद्धि हमें प्रज्ञावान यानी स्थितप्रज्ञ बनाती है। हम मन और बुद्धि का इस्तेमाल कैसे करें? मन को मलिन होने से कैसे बचाएँ? मन और बुद्धि का सम्यक संगम (योग) कैसे करें? जब कोई इंसान यह योग सीख जाता है, तब होता है, बुद्धि के पार उच्चतम विकास।

सिद्धार्थ गौतम ने मन और बुद्धि का सम्यक उपयोग किया इसलिए उन्हें बोध प्राप्त हुआ। जो बुद्धि बोध तक ले जाए वही सम्यक बुद्धि, तेज बुद्धि है। बोध यानी समझ, अण्डरस्टैण्डिंग। इस बोध के बाद ही बुद्धत्व प्राप्त किया जा सकता है। 'बुद्ध' कोई नाम या उपनाम नहीं है बल्कि बुद्ध नाम है, उस अवस्था का, जहाँ इंसान यह जान गया है कि 'वह कौन है।' इस अवस्था को कोई भी नाम दिया जा सकता है, जैसे - गुरु नानक, मीरा, संत ज्ञानेश्वर, रामकृष्ण परमहंस, रमण महर्षि, एकनाथ, संत तुकाराम

इत्यादि लेकिन सभी में अनुभव एक ही है। वह अनुभव प्राप्त करना ही अध्यात्म है, बुद्धत्व है।

भगवान बुद्ध को जब बोध प्राप्त हुआ तब हर तरह के लोग उनके संपर्क में आए, जैसे : गृहस्थ, राजनीतिज्ञ, संन्यासी, स्त्री, पुरुष, तरुण इत्यादि। भगवान बुद्ध ने ज्ञान का प्रसार करते समय अलग-अलग लोगों के लिए तीन अलग-अलग उपाय बताए क्योंकि हर एक की *गीता* अलग होती है। जैसे : *महाभारत* में श्रीकृष्ण द्वारा बताई गई *गीता* अर्जुन के लिए थी, यदि अर्जुन के बजाय दुर्योधन श्रीकृष्ण के सामने होते तो उसके सवाल बदल जाते और *गीता* भी बदल जाती। क्योंकि अर्जुन और दुर्योधन दोनों की समझ में बड़ा अंतर है।

भगवान बुद्ध ने अपने सम्यक ज्ञान से लोगों की मन:स्थिति देखकर उपाय बताए। जिन लोगों ने उन्हें ध्यान से सुना, समझा, उन्होंने बुद्ध बोध का पूर्ण लाभ उठाया लेकिन जिन लोगों ने बुद्ध के केवल शब्द सुने, वे अपनी मूर्खताओं में लगे रहे।

एक बार एक भिक्षुक भिक्षा माँगते हुए गाँव में घूम रहा था। उसी समय उसके ऊपर से कोई पक्षी उड़ता हुआ गया। पक्षी के मुँह से मांस का एक टुकड़ा छूटकर उस भिक्षु के भिक्षा पात्र में आ गिरा। भिक्षुक बुद्ध के पास गया और उसने पूछा, 'मैं यह खाऊँ कि न खाऊँ? आपने कहा है कि जो भी भिक्षा पात्र में मिल जाए उसे खा लेना चाहिए। लेकिन मांस खाने की आपने आज्ञा नहीं दी है, अब मैं क्या करूँ?' भगवान बुद्ध को पता था कि इस तरह की घटना तो कभी-कभार या सालों में एक बार हो सकती है इसलिए भगवान बुद्ध ने भिक्षा पात्र में जो भी आए उसे खाने की आज्ञा दे दी। अब लोगों को जैसे मांस खाने की छूट ही मिल गई। भिक्षुओं को पता था कि किन घरों में मांसाहार ज़्यादा बनता है, वे वहीं भिक्षा माँगने के लिए जाने लगे। फिर कहने लगे कि बुद्ध ने कहा है, 'भिक्षा पात्र में जो भी आए वह खा लेना चाहिए, हम तो उसी आज्ञा का पालन कर रहे हैं।' इस तरह थोड़ी भी छूट मिल गई तो मन कपट करके मिली हुई छूट का उपयोग अपनी मूर्खता के लिए करता है।

बौद्ध धर्म को नकारात्मक तथा नास्तिक लोगों का धर्म समझा गया।

बुद्ध ने दुःख का साक्षात्कार करवाया लेकिन कुछ लोगों ने उन्हें दुःखवादी समझा। बुद्धि का बिना उपयोग किए यदि कोई यह समझ ले तो वह भगवान बुद्ध के उपदेशों से वंचित रह जाएगा, बुद्धि का उच्चतम विकास नहीं कर पाएगा। भगवान बुद्ध के अनेक उपायों में से तीन उपाय प्रचलित हुए। आइए, इस पुस्तक द्वारा उन उपायों के बारे में जानें, अपनी बुद्धि का सम्यक उपयोग करें और यह पुस्तक खुले मन से पढ़ें।

यदि आपने भगवान बुद्ध की शिक्षाओं का असली अर्थ समझ लिया तो यह पुस्तक बोध प्राप्ति के लिए यानी असली सत्य तक पहुँचने के लिए सरल मार्ग बन सकती है। तीन मुख्य किरदारों के रूप में दी गई भगवान बुद्ध की जीवनी को पढ़ते हुए उनमें छिपे संकेतों को भी आपको पकड़ना है। पहले किरदार हैं राजकुमार सिद्धार्थ, दूसरे किरदार हैं गौतम और तीसरे किरदार हैं भगवान बुद्ध। भगवान बुद्ध को गौतम बुद्ध भी कहा जाता है लेकिन कभी सिद्धार्थ गौतम नहीं कहा जाता। इन नामों के पीछे भी रहस्य है। पहला नाम है सिद्धार्थ, जो एक राजकुमार है। गौतम, एक खोजी है और बुद्ध एक अवस्था है। इन तीनों किरदारों की कहानियों में आई कुछ बातें आपने पहले भी पढ़ी होंगी लेकिन अब इन्हें एक नए और अलग नज़रिए से पढ़ें।

...सरश्री

खण्ड ~ 1

सिद्धार्थ से गौतम बनने की यात्रा

अध्याय 1

राजकुमार सिद्धार्थ की कहानी

2500 साल पहले, 563 ई.पू. में सिद्धार्थ गौतम का जन्म हुआ। सिद्धार्थ का अर्थ है, 'अर्थ सिद्ध हुआ' यानी जो काम लिया गया वह पूर्ण हुआ। सिद्धार्थ गौतम उस शरीर का नाम रखा गया, जिसके अंदर आगे चलकर 'बुद्ध' अवस्था प्रकट हुई। बुद्ध वह अवस्था है, जो स्वबोध प्राप्त करने के बाद प्रकट होती है। जिसे बुद्धत्व, आत्मसाक्षात्कार, सेल्फ़रियलायज़ेशन, कैवल्य अवस्था भी कहा जाता है। इसका अर्थ 2500 वर्ष पूर्व बुद्ध अवस्था जिस शरीर में प्रकट हुई, उस शरीर का जन्म हुआ, न कि बुद्ध का। बुद्ध पहले से ही थे, हैं और रहेंगे।

नेपाल और भारत के मध्य में जहाँ दोनों देशों की सीमाएँ मिलती हैं, वहाँ शाक्य वंश के लोग रहते थे। शुद्धोधन वहाँ का राज्य सँभालते थे। कपिलवस्तु उनके राज्य की राजधानी थी, जिसके दक्षिण में कोशल और दक्षिण पूर्व में मगध का राज्य था। जो आज के बिहार राज्य के चारों ओर फैला हुआ है। शुद्धोधन की पत्नी का नाम महामाया था, जिन्होंने राजकुमार सिद्धार्थ को जन्म दिया। शाक्य वंश में यह प्रथा थी कि बच्चे का जन्म ननिहाल में होता था इसलिए महामाया ने शुद्धोधन से आज्ञा लेकर पालकी में बैठकर अपने घर की ओर प्रस्थान किया। वे रास्ते में कुछ देर विश्राम करने के लिए एक सुंदर वन में रुकीं। वहीं पर प्रसव पीड़ा शुरू होने की वजह से उन्होंने वैशाखी पूर्णिमा के दिन, प्राकृतिक सौंदर्य के बीच, बगीचे में पीपल के पेड़ के नीचे एक बालक को जन्म दिया। राजा शुद्धोधन को जब पता चला तब वे महामाया को बच्चे सहित वापस घर ले आए। शुद्धोधन ने अपने बेटे का नाम 'सिद्धार्थ' रखा क्योंकि ननिहाल जाने का

अर्थ सिद्ध हो चुका था। सिद्धार्थ का जन्म होते ही कई चमत्कार होने शुरू हो गए।

राजा शुद्धोधन ने राज्य के ज्योतिषियों को बुलाया। इन ज्योतिषियों ने पहले भी महामाया द्वारा देखे गए स्वप्न का अर्थ बताया था। महामाया ने सपने में एक हाथी को देखा था, जो उसके गर्भ में समा गया था। ज्योतिषियों ने तब इस स्वप्न को पुत्र प्राप्ति का संकेत बताकर कहा था कि यह पुत्र चक्रवर्ती राजा बनेगा या संबोधि को प्राप्त होगा। ज्योतिषियों ने इस बार भी बच्चे का मुआयना करके वही घोषणा की, 'यह बच्चा सम्राट बनेगा या संबुद्ध बनेगा।' संबुद्ध यानी जो बंधन व भाग्य से मुक्त हो।

सिद्धार्थ के जन्म के पश्चात एक बुजुर्ग ऋषि राजमहल में आए, जिनका नाम था, असित ऋषि। आते ही उन्होंने कहा, 'जिस बालक का जन्म हुआ है, मुझे उसके दर्शन करने हैं।' उन्हें बताया गया कि फिलहाल तो बालक सो रहा है लेकिन ऋषि नहीं माने। उन्होंने कहा, 'सो रहा है तो क्या हुआ, उसे मेरे पास लेकर आओ, वैसे भी बुद्ध सोते नहीं हैं।'

असित ऋषि ने देखा कि बालक बत्तीस महापुरुष लक्षणों से युक्त है और बालक का तेजोमण्डल उनके तेजोमण्डल से लाख गुना अधिक प्रदीप्त है। बालक को क़रीब से देखकर उनके मुँह से तुरंत यह वाक्य निकला, 'निस्संदेह यह अद्‌भुत पुरुष है।' उन्होंने अपने आसन से उठकर, दोनों हाथ जोड़कर उस बालक के पैर छुए। फिर उन्होंने बालक की परिक्रमा की और उसे अपने हाथों में लेकर विचारमग्न हो गए। कुछ समय बाद वे बालक की ओर देखकर ज़ोर से हँसे और फिर सिसकियाँ भरकर रोने लगे। सिद्धार्थ के जन्म के पश्चात यह पहला चमत्कार हुआ। असित ऋषि की इस हरकत से राजा को बड़ा आश्चर्य हुआ। राजा को संदेह हुआ कि कुछ तो गड़बड़ है। उन्होंने महाराज से पूछा, 'आप सिद्धार्थ को देखते ही पहले हँसे, फिर रोए, इसका क्या अर्थ है? क्या मेरे बेटे का भविष्य चिंताजनक है?' तब असित ऋषि ने अपने हँसने और रोने का स्पष्टीकरण देते हुए कहा, 'मैं इस खुशी में हँसा क्योंकि यह बालक आगे चलकर बुद्धत्व प्राप्त करेगा, जो एक बहुत ऊँची अवस्था है, इसे सत्य का साक्षात्कार होगा और जब यह

दुनिया में सत्य का प्रसार करेगा, तब मेरा शरीर इस पृथ्वी पर नहीं होगा और मैं उस अवस्था का दर्शन करने से वंचित रह जाऊँगा इसीलिए मेरी आँखों से आँसू आए।'

आप सोचेंगे, 'इसमें दु:खी होनेवाली कौन सी बात है?' लेकिन यह न भूलें कि वे एक ऋषि थे और बहुत ज्ञानी थे इसीलिए उन्हें परम ज्ञान की अवस्था का महत्त्व पता था। तभी तो वे कह पाए कि बड़ा होकर यह बालक बुद्ध बनेगा। यहाँ तक कि वे 'नालक' नामक अपने भाँजे को बताकर गए, 'तुम अभी से तैयारी शुरू कर दो क्योंकि जब बुद्ध को ज्ञान मिलेगा, उस वक़्त तुम तो इस पृथ्वी पर ही होगे। जैसे ही उन्हें ज्ञान मिले, तुम फ़ौरन उनके शिष्य बन जाना।'

सत्य प्राप्ति के लिए यदि आप भी इसी तरह अपनी पात्रता तैयार करते हैं तो जल्द ही ज्ञान में स्थापित हो पाएँगे। इसलिए पृथ्वी पर मिले हुए समय को व्यर्थ न गँवाए। ग़ौर करें कि असित ऋषि में कितनी दृढ़ता और स्पष्टता थी। वे पात्रता का महत्त्व समझते थे इसीलिए अपने भाँजे को तैयारी शुरू करने के लिए बताकर गए। क्योंकि जिसकी तैयारी हो चुकी होती है, वह सत्य श्रवण करता है, जिससे एक-एक करके उसकी सारी वृत्तियाँ ख़त्म होने लगती हैं। फिर वह स्वअनुभव पर स्थापित होने लगता है। अधिकतर लोगों की पात्रता तैयार नहीं हुई होती है इसलिए पहले उनकी पात्रता को बढ़ाया जाता है, फिर उन्हें ज्ञान दिया जाता है। इसमें काफ़ी समय चला जाता है इसलिए उन्हें ज्ञान में स्थापित होने में समय लगता है। क्योंकि पात्रता अभी तैयार हो रही होती है, ज्ञान भी मिल रहा होता है और भक्ति भी बढ़ रही होती है यानी सब कुछ एक साथ चल रहा होता है।

सिद्धार्थ की कहानी में कुछ ऐसे लोग भी हैं, जो उनके आस-पास रहकर उनके खिलाफ़ षड्यंत्र रचते थे। सिद्धार्थ के चचेरे भाई देवदत्त को डर था, 'बड़ा होकर राजा बनने के बाद सिद्धार्थ मेरे विकास के रास्ते में बाधाएँ खड़ी करेगा।' इसलिए वह हमेशा सिद्धार्थ के खिलाफ़ तरह-तरह के जानलेवा षड्यंत्र रचता रहा।

उसे यह समझ नहीं थी कि बुद्धों से किसी को खतरा नहीं होता और वे किसी के रास्ते में बाधाएँ खड़ी नहीं करते हैं। यदि उसे पता होता तो वह

उन सभी दु:खों से मुक्त हो जाता, जो उसने अपने बेबुनियाद डर के कारण भुगते। जब पहचान नहीं होती तब इंसान इसी तरह दु:ख भुगतता रहता है। जबकि दूसरी ओर असित ऋषि हैं, जो पहचान होने के कारण भरपूर आनंद में थे और लोगों को बता रहे थे, 'तैयारी शुरू कर दो क्योंकि भविष्य में तुम्हें ज्ञान मिल सकता है।'

राजा शुद्धोधन ने सिद्धार्थ का भविष्य जानने के लिए अपने राज्य के जिन आठ प्रसिद्ध ज्योतिषियों को बुलवाया था, उनमें से एक ज्योतिषी 'कोण्डन्य' सिद्धार्थ का भविष्य देखकर, अपना घर छोड़कर जाने लगे। जब उनसे यह पूछा गया, 'आप घर छोड़कर क्यों जा रहे हैं?' तब उन्होंने बताया, 'बाक़ी सात ज्योतिषियों ने सिद्धार्थ के भविष्य की दो संभावनाएँ बताई हैं कि वे एक चक्रवर्ती राजा बनेंगे या बुद्धत्व को प्राप्त होंगे। मगर मुझे उनकी एक ही संभावना नज़र आती है कि वे बुद्धत्व प्राप्त करेंगे। वे बुद्धि का समय के अनुसार उचित उपयोग करेंगे और मैं घर छोड़कर इसलिए जा रहा हूँ क्योंकि उन्हें जब ज्ञान प्राप्त होगा तब मैं उसे ग्रहण करने के लिए पात्र बन पाऊँ।' इस तरह कोण्डन्य अपने चार मित्रों के साथ घर छोड़कर चले गए। सिद्धार्थ के जन्म पश्चात यह दूसरा चमत्कार हुआ।

राजा शुद्धोधन को इस बात पर अब थोड़ा संदेह हुआ। उन्होंने सात ज्योतिषियों को फिर से बुलाया और पूछा, 'आप ऐसा क्यों कह रहे थे कि मेरे पुत्र को बुद्धत्व प्राप्त होगा?' उन्होंने जवाब दिया, 'इस बालक को चार तरह के दृश्यों से बचाकर रखें। यदि इसे चार दृश्यों (संकेतों) से बचाकर रखा गया तो ही आपका पुत्र चक्रवर्ती राजा बनेगा। निम्न चार दृश्य उसकी ज़िंदगी में आ गए तो वह बुद्ध बनेगा।'

1. बीमारी – किसी रोगी की असहाय अवस्था,
2. बुढ़ापा – किसी इंसान की कमज़ोर अवस्था,
3. मृत्यु – किसी इंसान की मृत्यु का मातम और
4. संन्यासी – किसी साधु की मुक्त अवस्था।

ज्योतिषियों के अनुसार अगर सिद्धार्थ ने उपर्युक्त बताए गए चार संकेत पा लिए तो वह इन संकेतों से गहन मनन में चला जाएगा। जिसके परिणाम

स्वरूप वह मुक्ति का नया रास्ता ढूँढ़ निकालेगा। यदि इन चार दृश्यों से उसका साक्षात्कार न हो तो वह चक्रवर्ती राजा बनेगा।

सिद्धार्थ के थोड़ा बड़े होने पर राजा शुद्धोधन ने ऐसी योजना बनाई कि उपर्युक्त बताए गए चार दृश्य सिद्धार्थ कभी देख न पाए। लेकिन आगे चलकर राजा शुद्धोधन के सारे प्रयास विफल साबित हुए।

अध्याय 2

सिद्धार्थ का प्रारंभिक जीवन

जन्म के सात दिन बाद ही सिद्धार्थ की माता महामाया का देहान्त हो गया। महामाया की बहन, जो राजा शुद्धोधन की पत्नी भी थीं, उन्होंने बालक का लालन-पालन अपने हाथों में ले लिया। सिद्धार्थ की मौसी का नाम प्रजापति गौतमी था, जिस वजह से सिद्धार्थ को लोग गौतम नाम से भी बुलाते थे। प्रजापति गौतमी ने कभी भी राजकुमार को माँ की कमी महसूस नहीं होने दी।

सिद्धार्थ जब थोड़ा बड़ा हुआ और चलने-बोलने लगा तब उसकी शिक्षा राज्य के महान पंडितों द्वारा होने लगी। सिद्धार्थ एक तेज व कुशाग्र विद्यार्थी था। राजवंश के अन्य बच्चों के साथ सिद्धार्थ की पढ़ाई होती रही।

समाधि का पहला अनुभव

शाक्य वंश में एक प्रथा थी कि साल की फसल लगाने से पूर्व, सबसे पहले राजा खेतों में हल चलाते थे। वह दिन उत्सव की तरह मनाया जाता था। ऐसे ही एक दिन राजा शुद्धोधन सिद्धार्थ को लेकर उत्सव में गए। जब हल चलाने का समय आया तब राजा ने सिद्धार्थ को एक पेड़ के नीचे बिठा दिया और सभी लोग उत्सव में चले गए।

सिद्धार्थ आराम से पेड़ के नीचे बैठा हुआ था, थोड़ी देर बाद अचानक उसका ध्यान अपनी साँस पर चला गया, वह देखने लगा कैसे उसकी साँस अंदर जा रही है, बाहर आ रही है। उसे आश्चर्य होने लगा। वह देखता जा रहा था कि किस तरह से उसके शरीर में यह स्वयंचलित ढंग से हो रहा है। साँस कभी दाहिनी तरफ़ से अंदर जाती है, कभी बाईं

तरफ़ से तो कहीं पर अटक जाती है। कभी लंबी चलती है तो कभी छोटी-छोटी चलती है। कभी पेट तक जा रही है। कभी उथली-उथली ही है। ऐसे देखते-देखते सिद्धार्थ समाधि में पहुँच गया। वह बहुत समय तक वैसे ही बैठा रहा। जब वहाँ बाक़ी लोग आए तो वे सिद्धार्थ को जगाने के लिए आवाज़ देने लगे। परंतु सिद्धार्थ सुन ही नहीं रहा था क्योंकि उसके शरीर का एहसास ही ग़ायब हो गया था। तब सभी को पता चल गया कि सिद्धार्थ समाधि में पहुँच गया है। फिर किसी ने नज़दीक जाकर उसे उठाया।

सिद्धार्थ के जीवन में वह समाधि का पहला अनुभव था। परंतु इस समाधि में प्रज्ञा, समझ न होने के कारण सिद्धार्थ उस अनुभव को समझ नहीं पाया। उसने समाधि का अनुभव तो ले लिया था परंतु उसका महत्त्व और अर्थ समझने में उसे अभी बहुत साल बाक़ी थे।

बाद में बड़े होकर 28-29 साल की उम्र में वे घर छोड़कर चले गए। छः साल तपस्या करने के बाद जब उन्हें 'स्वबोध' प्राप्त हुआ तब उन्हें समझ मिली कि सात साल की उम्र में ही उन्होंने इस चीज़ का अनुभव किया था। हम भी साँस लेते रहते हैं लेकिन कभी हमारा ध्यान उस पर जाता नहीं है।

सिद्धार्थ को बचपन से ही ध्यान का बड़ा आकर्षण था। वह हमेशा अपने मित्रों को ध्यान में बैठने की प्रेरणा देता था। ध्यान में बैठकर वह सभी को किसी एक विषय पर अपना चित्त एकाग्रित करना सिखाता था। जबकि उनके माता-पिता को सिद्धार्थ का इस प्रकार ध्यानाभिमुख होना अच्छा नहीं लगता था। वे चाहते थे कि सिद्धार्थ क्षत्रियों की भाँति जीवन जिए। इसलिए राजा शुद्धोधन ने सिद्धार्थ को धनुष चलाने तथा अन्य शस्त्रों का प्रयोग करने की शिक्षा भी दी। लेकिन सिद्धार्थ कभी किसी प्राणी को अनावश्यक रूप से कष्ट देना नहीं चाहता था। वह न ही शिकार के लिए जाता था और न ही अपने मित्रों का निशाना देखने जाता क्योंकि वे निर्दोष प्राणियों के वध का साक्षी नहीं बनना चाहते थे।

सिद्धार्थ के इस व्यवहार से माता गौतमी चिंतित होने लगी। सिद्धार्थ के जन्म के समय की गई भविष्यवाणी उन्हें बार-बार याद आने लगी। वे सिद्धार्थ को एक चक्रवर्ती राजा बनते देखना चाहती थीं इसलिए गौतमी

हमेशा सिद्धार्थ को क्षत्रिय धर्म के कर्तव्यों की याद दिलाती थी। लेकिन सिद्धार्थ हमेशा उनसे तर्क करता था। क्षत्रियों का धर्म था लड़ना, जो सिद्धार्थ को अस्वीकार था।

बचपन में सिद्धार्थ के चाचा का लड़का देवदत्त उससे ईर्ष्या करता था। एक दिन देवदत्त ने एक पक्षी को अपने बाण से जख़्मी कर दिया था और सिद्धार्थ ने उस पक्षी की मरहम पट्टी की थी। देवदत्त ने जब पक्षी लौटाने की माँग की तब सिद्धार्थ ने साफ़ इन्कार कर दिया था। यह बात राजदरबार तक जा पहुँची। राजदरबार में देवदत्त और सिद्धार्थ गौतम की बातों पर मनन किया गया। जिसमें सिद्धार्थ का तर्क सभी को सही लगा। मारनेवाले से बचानेवाला श्रेष्ठ है। पक्षी अभी जीवित है इसलिए सिद्धार्थ के साथ रहे, यदि पक्षी मर गया होता तो वह देवदत्त को मिलता। सभी मंत्रियों को यह तर्क सही लगा। सिद्धार्थ की गोद में पक्षी सुरक्षित था इसलिए वह पक्षी उसे दे दिया गया। उस घटना के बाद देवदत्त हमेशा सिद्धार्थ के खिलाफ़ षड्यंत्र रचता रहता था।

आगे जब सिद्धार्थ 'बुद्ध' बने तब उनके संघ में जुड़ने के बाद भी देवदत्त यही करते रहे। वे संघ के लोगों को भड़काकर अपनी तरफ़ कर लेते। राजा अजातशत्रु से मिलकर देवदत्त बुद्ध के खिलाफ़ काम करते रहे। अंत में अपनी साजिशों के जाल में फँसकर और कई बीमारियों के कारण उनका देहान्त हो गया। लेकिन बुद्ध ने देवदत्त की सारी ग़लतियों को सदा माफ़ किया।

जैसे-जैसे सिद्धार्थ बड़ा होने लगा, उसकी बातों और व्यवहार से राजा शुद्धोधन और रानी गौतमी दोनों चिंतित होने लगे। सिद्धार्थ का बार-बार ध्यान में बैठना, संन्यासियों जैसी बातें करना राजा को असित ऋषि की भविष्यवाणी याद दिलाता था। सिद्धार्थ की उम्र अब विवाह करने योग्य हो चुकी थी। राजा शुद्धोधन ने सोचा कि विवाह के पश्चात शायद सिद्धार्थ के विचारों में परिवर्तन आएगा और वह ध्यान से विमुख हो जाएगा। इसी कारण से राजा दण्डपाणि की बेटी यशोधरा के साथ उनका विवाह करवाया गया।

पुत्र के विवाह से राजा शुद्धोधन प्रसन्न थे लेकिन असित ऋषि की

भविष्यवाणी भूत की तरह उनका पीछा कर रही थी। सिद्धार्थ के पिताजी ने यह ठान लिया कि वह अपने बेटे को ज्योतिषियों द्वारा बताए गए उन चार संकेतों से सदा दूर रखेंगे। इस बात को अंजाम देने के लिए शुद्धोधन ने मौसम के अनुसार सिद्धार्थ के लिए तीन महल बनवाए। सर्दी, गरमी व बारिश के लिए उन महलों में व्यवस्थाएँ की गईं ताकि हर मौसम में वह अलग-अलग महलों में रहे और उसे पतझड़ का नामोनिशान भी दिखाई न दे। सूखे पत्ते गिरने का भी उसे दुःख न हो। मुरझाए हुए पत्ते देखकर भी कहीं सिद्धार्थ को दुःख की याद न आए। सिद्धार्थ की सेवा में नौजवान सेवक रखे गए थे ताकि उसे बुढ़ापे का साक्षात्कार न हो। सिद्धार्थ के पिता ने ऐसी व्यवस्थाएँ कीं कि सिद्धार्थ को कोई बूढ़ा या बीमार इंसान दिखाई न दे और न ही किसी की मृत्यु देखने को मिले। सिद्धार्थ को बहुत सुख-सुविधावाले माहौल में रखा गया था। यहाँ तक कि मौसम बदलने से होनेवाली छोटी-मोटी परेशानियों से भी बचाकर रखा गया था।

दरअसल, उनके अंदर सुख के प्रति मोह पैदा करने की कोशिश की जा रही थी। आप कहेंगे, 'सिद्धार्थ के पिता कितने महान थे,काश! हमें भी ऐसे ही पिता मिलते!' क्योंकि यह देखकर हर किसी को अच्छा ही महसूस होगा कि कोई इंसान उसके लिए इतनी सुविधाओं की व्यवस्था कर रहा है ताकि किसी दुःख का सामना ही न करना पड़े। ऐसा इंसान आपको अपना सबसे बड़ा शुभचिंतक लगेगा। लोग तो प्रार्थना करते हैं कि उनके जीवन में भी ऐसा कोई इंसान आ जाए। अगर कोई इतना ख़याल रखे और इस तरह की बातें करे, 'अपने पैर ज़मीन पर मत रखो, कहीं काँटा न लग जाए', तो आपको अच्छा ही लगेगा। लेकिन क्या ऐसा इंसान वाक़ई आपका शुभचिंतक है? यह आपको तभी पता चलेगा जब आप इस विषय को अच्छी तरह समझेंगे।

अध्याय 3

गौतम की कहानी

राजा शुद्धोधन द्वारा की गई व्यवस्थाओं के बीच काफ़ी लंबा समय बिताने के बाद जब सिद्धार्थ ने अपने जीवन में सच्चाई का दर्शन किया, तब उन्हें समझ में आया कि असल में दुनिया कैसी है। सिद्धार्थ के पिता ने उनके लिए जो व्यवस्थाएँ की थीं, असल जीवन में उनका कोई लाभ नहीं था। क्योंकि बाहर से आप भले ही दु:ख को अंदर आने से रोकने में सफल हो जाएँ लेकिन दु:ख का विचार लानेवाला तो आपके अंदर ही है। इसलिए कभी न कभी वह विचार तो आएगा ही। आख़िरकार सिद्धार्थ को उस सच्चाई का दर्शन हुआ और वे संकेत मिले, जिनकी भविष्यवाणी उनके बचपन में की गई थी।

पहला दृश्य - बूढ़ा

एक दिन सिद्धार्थ अपने सारथी छन्न के साथ रथ पर बैठकर महल से बाहर निकले। रास्ते में उन्होंने एक बूढ़े को देखकर सारथी से पूछा, 'यह व्यक्ति ऐसा क्यों है... इसके दाँत कहाँ हैं... यह लाठी के सहारे क्यों चल रहा है... इसकी कमर क्यों झुक गई है... इसकी हड्डियाँ क्यों दिखाई दे रही हैं... इसकी आँखें अंदर क्यों धँस गई हैं...?' ज्योतिषी की भविष्यवाणी याद आते ही सारथी ने जवाब दिया, 'बहुत से लोग ग़लत आदतों की वजह से जल्दी बूढ़े हो जाते हैं।' फिर सिद्धार्थ ने सवाल पूछा, 'कभी न कभी तो सभी बूढ़े होते हैं न?' तब सारथी को सच बताना पड़ा, 'हाँ, सभी बूढ़े होते हैं।' यह बात सुनकर सिद्धार्थ अस्वस्थ हो गए। उन्होंने पूछा, 'फिर क्या एक दिन माँ-पिताजी, यशोधरा, तुम और मैं सभी बूढ़े हो जाएँगे?' छन्न ने 'हाँ' में सिर हिलाया।

सिद्धार्थ का ब्याह यशोधरा से करवाया गया था। उन्हें हमेशा सुख-सुविधा, भोग-विलास में रखा गया था। दुःख का उन्हें पता नहीं था। अतः पहला दृश्य उनके लिए अति विषाद का कारण बना। वे महल लौट आए। शुद्धोधन को जब पता चला तब उन्होंने सिद्धार्थ के लिए कई उत्सवों का आयोजन किया। उनके मनोरंजन के लिए नर्तकियों को बुलाया गया। लेकिन सिद्धार्थ गौतम का व्याकुल मन शांत नहीं हो रहा था। कुछ समय बाद दूसरे संकेत से उनका साक्षात्कार हुआ।

दूसरा दृश्य - बीमार

सिद्धार्थ जब दूसरी बार सारथी के साथ बाहर घूमने निकले तब रास्ते में उन्हें एक बीमार इंसान दिखाई पड़ा, जिसके मुँह से झाग निकल रहा था, उल्टियाँ करके वह बेहाल था। उसे देखकर सिद्धार्थ ने सारथी से पूछा, 'यह इंसान इतना क्यों काँप रहा है?' तब सारथी ने जवाब दिया, 'वह बहुत बीमार है, उसका इलाज चल रहा है, कुछ ही दिनों में वह ठीक हो जाएगा।' यह सुनकर सिद्धार्थ ने पूछा, 'यह बीमार क्यों है? बीमारी का कारण क्या है? यह काया क्या है? इसके अंदर क्या होता है?' सारथी छन्न ने समझाया, 'हमारी काया मौसम के बदलने या खान-पान में ऊँच-नीच की वजह से उम्र के साथ बीमार होती है। यह स्वाभाविक है, ऐसा होता रहता है। इस वजह से हम स्वस्थ रहने का प्रयत्न करते हैं।' फिर सिद्धार्थ गौतम ने उनसे पूछा, 'तो क्या माँ-पिताजी, आप और हम सभी बीमार हो सकते हैं? क्या हमारी भी ऐसी हालत हो सकती है?' छन्न ने न चाहते हुए भी 'हाँ' में सिर हिलाया। यह सुनकर सिद्धार्थ फिर से परेशान रहने लगे।

तीसरा दृश्य - मृत्यु

तीसरी बार सिद्धार्थ ने मृत्यु का दृश्य देखा। लोग एक शव को श्मशान ले जा रहे थे। उस समय सिद्धार्थ ने छन्न से पूछकर मृत्यु का साक्षात्कार किया। उनकी जिज्ञासा बढ़ गई कि मृत्यु क्या है? क्या सभी की मृत्यु होती है? क्या मेरी भी मृत्यु होगी? छन्न के पास सत्य बताने के अलावा कोई चारा नहीं था और सिद्धार्थ के पास दुःखी होकर वापस घर लौटने के अलावा कोई चारा नहीं था। वे अत्यंत दुःखी होकर महल में पहुँचे।

महल के दरवाज़े पर उन्हें चौथा संकेत दिखाई दिया।

चौथा दृश्य - संन्यासी

सिद्धार्थ ने चौथे दृश्य यानी एक संन्यासी को देखा। महल के दरवाज़े पर एक साधु, जिसके चेहरे पर तेज था, वह भिक्षाटन करने वहाँ आया था। संन्यासी को देखकर बुद्ध ने आश्चर्य भाव से सारथी से पूछा, 'यह कौन सा जीव है? इसने ऐसे कपड़े क्यों पहन रखे हैं? यह इतना शांत और संतुष्ट कैसे दिखाई दे रहा है?' संन्यासी को देखकर सारथी ने जवाब दिया, 'यह संन्यासी सत्य का खोजी है। सत्य क्या है? क्या उसे पाया जा सकता है? जन्म-मरण के चक्कर से कैसे छूटें? मनुष्य जन्म क्यों मिला है? यह जानकर वह दुनिया से विमुक्त होकर कमल के फूल की तरह जीवन जी रहा है।' यह सुनकर सिद्धार्थ के मन में विचार उठा, 'मैं भी इस सत्य की खोज करूँगा।'

इन चार अवस्थाओं के बारे में सब कुछ जानने के बाद, सिद्धार्थ समाप्त हुआ और गौतम का जन्म हुआ यानी खोजी का जन्म हुआ क्योंकि उनके अंदर प्रार्थना शोर से नहीं बल्कि कोर से यानी बहुत गहराई से उठी थी। जब इंसान किसी सांसारिक समस्या के कारण दुःखी होता है तो उसके अंदर शोर से प्रार्थना उठती है, 'मुझे इस जीवन से मुक्त होना है।' फिर दो-चार दिन बाद जैसे ही उस समस्या का प्रभाव कम होता है, वह मुक्त होने का विचार भूल जाता है। ऐसा इसीलिए होता है क्योंकि मुक्ति की प्रार्थना कोर यानी गहराई से उठने के बजाय शोर से उठी थी। यदि किसी के अंदर से ऐसी प्रार्थना नहीं उठती तो इसका अर्थ यह नहीं है कि भविष्य में भी नहीं उठेगी।

अगर इंसान निरंतर सत्य श्रवण करता रहे तो कभी न कभी उसके अंदर से प्रार्थना ज़रूर उठेगी, 'मुझे भी सत्य मिले।' इसके बाद ही जीवन में अगला दृश्य आने की संभावना तैयार होती है वरना कोई संभावना नहीं है। क्योंकि माया में क्षणिक राहत देनेवाली इतनी चीज़ें हैं कि इंसान का ध्यान इस ओर जाता ही नहीं कि इससे परे भी जीवन में कुछ है। जैसे : जब एक डॉक्टर की दवा काम नहीं आती तो इंसान फ़ौरन दूसरे डॉक्टर के पास पहुँच जाता है। उसी तरह जीवन में भी जब इंसान किसी एक चीज़ से राहत पा लेता है तो उसके अंदर फौरन दूसरी राहत की चाहत जग जाती है।

जिसे पाने के लिए वह किसी अन्य चीज़ के पास चला जाता है। इस तरह वह ज़िंदगीभर दौड़ता ही रहता है। इंसान का पूरा जीवन इस भागदौड़ में ही समाप्त हो सकता है। लेकिन खोजी बनने के बाद उसे पता चलता है, 'मुझे ऐसा सत्य चाहिए, जो मुझे मुक्त कर दे।' यही गौतम के साथ भी हुआ।

चार संकेतों के पश्चात गौतम का जीवन गहरे मनन में डूब गया। महल में रहते हुए भी उनका ध्यान वहाँ नहीं था। उन्हें मनोरंजन, उत्सव, कला, भोजन इत्यादि सब नीरस लगने लगा। जिस दिन गौतम की पत्नी यशोधरा ने राहुल को जन्म दिया, उसी दिन अंतिम सत्य को तलाशने के लिए, गौतम ने महल छोड़ने का निश्चय कर लिया। यशोधरा और राहुल को देखने वे आख़िरी बार महल गए, जहाँ माँ और बेटा सोए थे। माँ का हाथ हटाकर उन्हें राहुल का चेहरा दिख सकता था। गौतम अपने उस बेटे का चेहरा देखना चाहते थे, जिसके जन्म पर उन्होंने सत्य का रास्ता चुना था। लेकिन इस डर से कि कहीं हाथ हटाने से यशोधरा जाग न जाए और मुझे रोक न ले, सिद्धार्थ गौतम ने बिना राहुल का चेहरा देखे महल से विदा ले ली। सारथी छन्न और घोड़े के साथ वे महल से दूर निकल गए। राज्य से बाहर निकलकर अनोमा नदी किनारे उन्होंने राजसी वस्त्र त्याग दिए और छन्न को वापस भेज दिया। बड़े दुःखी मन से छन्न वापस महल में लौट गए। सिद्धार्थ गौतम सत्य की खोज में आगे निकल पड़े। उस वक़्त उनकी उम्र 29 साल थी।

खण्ड - 2

गौतम से भगवान बुद्ध बनने की यात्रा

अध्याय 4

गौतम की बोध यात्रा

सिद्धार्थ अपने राज्य से बाहर दूसरे राज्य में आ गए। वहाँ जंगलों में भटकते-भटकते उस वक़्त के एक प्रसिद्ध गुरु आलार कलाम के आश्रम में पहुंचे। आलार कलाम असित ऋषि के शिष्य थे। सत्य की खोज में सिद्धार्थ गौतम उनके आश्रम में पहुंचे। गौतम ने उनसे दीक्षा ली। वहाँ पर उन्होंने अलग-अलग सात तरह की ध्यान विधियाँ सीखीं। एक-एक करके उन्होंने सारी ध्यान विधियों का अभ्यास कर लिया। ये सब सीख लेने के बाद भी उन्हें अंदर से ख़ालीपन महसूस होता था। फिर उन्होंने गुरुजी से पूछा, 'अब इसके आगे क्या करूँ, ये सब करने के बावजूद भी एक ख़ालीपन सा है?' गुरुजी ईमानदार थे इसलिए उन्होंने कहा, 'मैं तो यहाँ तक ही जानता हूँ, इसके आगे जाननेवाला इस वक़्त शायद ही कोई मौजूद हो।'

गुरुजी जानते थे कि गौतम बहुत योग्य शिष्य है। इसलिए उन्होंने उनके सामने यह प्रस्ताव रखा, 'अब तुम मेरा आश्रम सँभालो' लेकिन गौतम ने नम्रता से मना कर दिया क्योंकि वे स्वयं भी बहुत ईमानदार थे। ईमानदारी बहुत बड़ा गुण है और दूसरों के साथ ईमानदार होने का जितना महत्त्व है, उतना ही महत्त्व स्वयं के साथ ईमानदार होने का भी है। गौतम का मानना था, 'अभी तो मैं स्वयं अपने ज्ञान से संतुष्ट नहीं हूँ तो फिर आश्रम कैसे सँभाल पाऊँगा और दूसरों को सत्य का मार्ग कैसे दिखा पाऊँगा?' वे आगे और भी खोज करना चाहते थे।

आम तौर पर लोग कोई बड़ा पद प्राप्त करने के लिए क्या-क्या नहीं कर जाते। ऐसी चाहतों के कारण ही लोग सत्य के मार्ग पर आगे नहीं बढ़

पाते। इसीलिए आध्यात्मिक मार्ग पर चलनेवाले लोगों को पहले ही आगाह किया जाता है कि सेवा करते हुए किसी पद के लिए कार्य न करें बल्कि यह याद रखें कि वह कार्य आपने शुरू क्यों किया था। आपको स्वयं के साथ ईमानदार रहते हुए यह सुनिश्चित करना होगा कि आप सही साधना कर रहे हैं या नहीं और आपके द्वारा होनेवाली सेवा, सेवक की सेवा कर रही है या नहीं।

गौतम एक राजकुमार थे, उन्होंने जीवनभर महल का सुख भोगा था लेकिन जिन लोगों को ऐसा कोई सुख प्राप्त नहीं होता, उनके लिए पद, पैसा, प्रतिष्ठा आदि चीज़ें बहुत महत्त्वपूर्ण हो जाती हैं।

गौतम को आश्रम छोड़कर ज्ञान की खोज में आगे बढ़ते देख उनके गुरु बहुत ख़ुश हुए। उन्हें यह देखकर अच्छा लगा कि उनका शिष्य ज्ञान के रास्ते पर और आगे बढ़ना चाहता है। उन्होंने गौतम के लिए प्रार्थना की और उन्हें स्वयं से श्रेष्ठ गुरु उद्धक रामपुत के पास आगे का ज्ञान प्राप्त करने के लिए भेज दिया। गौतम जैसे शिष्य हर गुरु को पसंद आते हैं इसलिए गुरु द्वारा जितना संभव होता है, उनकी मदद की जाती है। जो शिष्य ईमानदार होने के साथ-साथ विनम्र भी होते हैं, वे जल्दी आगे बढ़ते हैं।

कुछ शिष्य ईमानदार तो होते हैं लेकिन उनमें अहंकार होता है इसलिए विनम्रता नहीं होती। ऐसे शिष्य ख़तरे में होते हैं क्योंकि सेवा करते वक़्त उनके अहंकार को किसी भी बात से चोट पहुँचती है। ऐसे लोग यदि योग्य स्थान तक पहुँच जाएँ तो भी ख़तरा बना रहता है। अहंकारी शिष्य अपने अहंकार के कारण सत्य को ठुकराकर अपने ही पैर पर कुल्हाड़ी मार सकता है। इस प्रकार वह योग्य स्थान पर पहुँचकर भी उच्च ज्ञान से वंचित रह सकता है।

जो शिष्य अहंकारी होने के साथ-साथ बेईमान भी होते हैं, वे तो सत्य के मार्ग पर चल ही नहीं पाते। जो शिष्य नम्र लेकिन बेईमान होते हैं, वे कुछ समय तक तो लोगों को गुमराह कर सकते हैं लेकिन अधिक समय तक टिक नहीं पाते। उनकी नम्रता देखकर लोगों को शुरुआत में ग़लतफ़हमी हो जाती है कि वे अच्छे लोग हैं लेकिन आज नहीं तो कल सच्चाई सामने आ ही जाती है। आपको एक शिष्य के तौर पर ऐसी कोई

ग़लती नहीं करनी है बल्कि अपना काम ईमानदारी और विनम्रता से करते हुए आगे बढ़ते रहना है।

उद्धक रामपुत के आश्रम में गौतम को आठवाँ ध्यान सीखने का मौक़ा मिला। उन्होंने कड़े परिश्रम से जल्द ही सब कुछ सीख लिया लेकिन उनके मन को संतुष्टि नहीं मिली। उन्होंने यह बात अपने गुरुजी को बताई। गुरुजी ने कहा, 'इसके आगे की खोज तुम्हें स्वयं करनी पड़ेगी। तुम यदि चाहो तो यहाँ पर नए शिष्यों को सिखाने का कार्य शुरू कर सकते हो।' सिद्धार्थ गौतम के लिए मोक्ष के अलावा और कोई इच्छा नहीं थी। वे वहाँ से भी आगे निकल पड़े। उनकी इस यात्रा में कोण्डन्य और उनके चार साथी उनके साथ जुड़ गए। ज्योतिषी कोण्डन्य इसी इंतज़ार में थे कि सिद्धार्थ कब ज्ञान प्राप्त कर उन्हें दीक्षित करेंगे।

सभी साथी मिलकर साधना, तप, भिक्षाटन करने लगे। उन्होंने उस वक़्त की मान्यता के अनुसार उपवास करने शुरू किए। काया को कष्ट देने से पाप नष्ट होता है, वे ऐसी मान्यता में जीते थे। वे दिन में एक बार भोजन करते थे, कुछ समय उपरांत वे दो दिनों में एक बार भोजन करने लगे। फिर तीन दिन में दो बार भोजन करते और आगे चलकर तीन दिन में एक बार भोजन ग्रहण करने लगे। कुछ महीनों के बाद उन्होंने भिक्षा माँगना भी बंद कर दिया। वे जंगल के कंदमूल, जंगली फल, पत्ते खाकर जीने लगे। समय के साथ वे काया का कष्ट बढ़ाते गए। पत्थरों पर सोना, हर मौसम में ठंडे पानी से नहाना, श्मशान घाट में रहना, साँस को लंबे समय तक रोके रखना, चाहे चक्कर ही क्यों न आ जाए इत्यादि। वे सभी तरह के तप करने लगे। उनके शरीर की हालत बिगड़ने लगी। उनका पेट और पीठ सटकर एक हो गए।

एक दिन गौतम पानी पीने नदी में उतरे लेकिन नदी के बहाव को सह पाने की ताक़त भी उनके शरीर में नहीं थी, पानी उन्हें आगे बहाकर ले गया। बड़ी मुश्किल से वे पानी के बाहर आए और बेहोश हो गए। एक लकड़हारे की नज़र उन पर पड़ गई। वह उन्हें अपने झोंपड़े में ले आया। कुछ दिन उनकी सेवा की, उन्हें खाना खिलवाया, आराम करवाया। गौतम जब सोचने के क़ाबिल हुए तब उन्होंने सोचा, 'कहीं मैं ग़लत मार्ग पर तो

नहीं? क्या काया को कष्ट देकर सत्य प्राप्त किया जा सकता है? जब तक भूख नहीं थी तब तक मन भाग नहीं रहा था। मगर जब शरीर की तंदुरुस्ती आई तब मन फिर से बलवान बनकर भटकने लगा। क्या शरीर को सुखाकर हम ज्ञान प्राप्त कर लेंगे? शरीर को भूखा रखकर क्या कोई तृष्णा से मुक्त हो सकता है? भूखा शरीर कुछ समय तो तृष्णा की अग्नि से मुक्त होता है लेकिन ये तृष्णाएँ, वासनाएँ, इच्छाएँ, महत्त्वाकांक्षाएँ फिर से आ जाती हैं। यदि शरीर स्वस्थ है तो ही वह सही सोचने के क़ाबिल है, भूखे शरीर में विवेक जागृत नहीं होता तो क्यों न मध्यम मार्ग अपनाया जाए, जहाँ न भूखे मरना है और न ज़्यादा खाकर पड़े रहना है। इन सब बातों पर मनन करके गौतम ने मध्यम मार्ग अपनाया और जीवनभर सभी को इसी मार्ग की राह दिखाई।

असल में मुक्ति पाने के लिए मन पर विजय प्राप्त करना महत्त्वपूर्ण है। अगर आप संसार में रहकर मन पर विजय प्राप्त कर लेते हैं तो यह विजय भी उतनी ही महत्त्वपूर्ण है, जितनी सांसारिकता छोड़कर मन पर प्राप्त की जानेवाली विजय। इससे आप दूसरों के लिए भी निमित्त बन सकते हैं। तेज संसारी होने का यही अर्थ है कि संसार में रहकर ही मध्यम मार्ग के साथ आगे बढ़ा जाए। गौतम को भी एहसास हो गया कि जो मार्ग वे अपना रहे हैं, वह सही नहीं है बल्कि मध्यम मार्ग बेहतर है इसलिए वही चुनना चाहिए।

कुछ समय उपरांत भिक्षाटन करते हुए उनके पाँचों साथी उन्हें मिले। सिद्धार्थ गौतम का खिला हुआ चेहरा देखकर उनके साथियों के मन में शंका उत्पन्न हुई। उन्हें लगा कि गौतम अब पथभ्रष्ट हो गया है। वह आलसी होकर खाने-पीने में लग गया है। वे नाराज़ होकर उसे भला-बुरा कहते हुए उसका साथ छोड़कर चले गए।

आगे का रास्ता गौतम ने अकेले ही तय किया। छः वर्षों तक लगातार उनकी साधना चलती रही। फिर वह समय आया, जब गौतम उस पीपल के पेड़ के नीचे बैठे, जहाँ उन्हें ज्ञान प्राप्त हुआ। बाद में इसे 'बोधि वृक्ष' यह नाम दिया गया। बोधि यानी बोध प्राप्त होना। वहाँ उन्होंने संकल्प लिया, 'जब तक अंतिम सत्य नहीं मिल जाता, तब तक मैं आँखें नहीं

खोलूँगा और बिना हाथ-पैर हिलाए यहीं बैठा रहूँगा।' ऐसे उच्च ख़याल यूँ ही नहीं आते। ऐसा संकल्प तभी उठता है, जब इसके लिए कुछ कर्म किया गया हो।

सुबह होते ही उन्हें आत्मबोध (आत्मसाक्षात्कार) प्राप्त हुआ, वे अर्हंत यानी मुक्त हुए। कुछ लोगों का यह कहना है कि ज्ञान प्राप्त करने से पहले वे चार हफ़्ते तक उस पेड़ के नीचे बैठे रहे। ज्ञान प्राप्ति के बाद उन्हें आश्चर्य हुआ। सात दिन वे उस आश्चर्य के मौन में रहे। तब उन्हें यह बोध और समझ प्राप्त हुई थी, 'वे कौन हैं?' उन्होंने यह घोषणा की, **'मैंने घर बनानेवाले को जान लिया, अब मेरा फिर से घर नहीं बन सकता।'** इसका अर्थ इंसान के अंदर नक़ली मैं (अहंकार) कैसे तैयार होता है, यह देख लिया गया। अब बेहोशी में कभी भी नक़ली मैं का निर्माण नहीं होगा।

अध्याय 5

हर इम्तिहान में सफल

'उच्च ख़याल आने के लिए पहले कुछ कर्म करने आवश्यक होते हैं' इस पंक्ति की गहराई को समझने और परखने के लिए आप एक दिन सुबह से शाम तक आनेवाले अपने सभी ख़यालों को एक काग़ज़ पर लिखें। इससे आपको पता चलेगा कि जब ऐसे विशेष कर्म नहीं होते तो किस तरह के ख़याल आते हैं। जब आप अपने ही विचारों को काग़ज़ पर लिखेंगे तब समझ जाएँगे कि एक सामान्य इंसान कितना खोया हुआ/सोया हुआ होता है। सोया हुआ इंसान विचार करेगा तो उसे कौन से विचार आएँगे, यह आप समझ ही सकते हैं। गौतम के अंदर संकल्प लेने का विचार आया क्योंकि वे जाग्रत थे।

जब लोग भगवान बुद्ध की कहानी पढ़ते हैं तो संसारी भाषा या कर्ता (doer) की भाषा में ही पढ़ते हैं, 'उन्होंने ऐसा सोचा, वैसा सोचा।' लेकिन जब ज्ञान प्राप्त होता है तब समझ में आता है, 'ऐसा हुआ, ऐसा विचार आया।' यानी 'it happened' क्योंकि तब किसी कर्ता द्वारा श्रेय लेने की बात बचती ही नहीं है। गौतम ने संकल्प लिया, 'सत्य मिलने तक आँखें नहीं खोलूँगा और बिना हाथ-पैर हिलाए यहीं बैठा रहूँगा। चाहे शरीर की मृत्यु ही क्यों न हो जाए।' ऐसा इसलिए हुआ क्योंकि इसके लिए उन्होंने साधना द्वारा पहले ही वृत्तियों और कर्मबंधन की लकीरों से मुक्ति पाई थी। इसीलिए उनके अंदर ऐसे संकल्प का विचार उठा वरना कोई सामान्य इंसान ऐसा विचार कर ही नहीं सकता। क्योंकि वृत्तियों में डूबे इंसान को जैसे ही यह विचार आएगा तो उसके साथ तरह-तरह के डर भी आएँगे। जैसे, 'अगर मुझे सत्य नहीं मिला तो क्या होगा? अगर बीच में मन के

साँप-बिच्छू आ गए तो क्या होगा?' वगैरह-वगैरह।

गौतम ने तो छः साल तक तप और साधना की थी, जिससे उनका शुद्धिकरण हो चुका था। हालाँकि तप और साधना का सिर्फ़ समय महत्त्वपूर्ण नहीं होता बल्कि उसमें सही दिशा मिलना भी आवश्यक है। इतना तप करने के कारण गौतम अंदर से ख़ाली हो चुके थे इसलिए वे संकल्प करके बैठ पाए।

जब इंसान को अंदर से ख़ाली होना बुरा लगता है तो वह दुःख है और जब उसे ख़ाली होना अच्छा लगता है तो वह सुख है और जब ख़ाली होना मुक्त करता है तो वह 'तेजुख' है। हालाँकि गौतम सौ फ़ीसदी ख़ाली नहीं हुए थे। उनके अंदर भी कुछ विकार बाक़ी थे, गाँठें और वृत्तियाँ बाक़ी थीं लेकिन वे इतनी कम हो चुकी थीं कि उनके अंदर ऐसे उच्च संकल्प का विचार उठा। यही ख़ूबसूरती है इसलिए कम से कम हमारे इतने विकार तो कम हों, इतनी गाँठें और वृत्तियाँ समाप्त हों और कर्मबंधन में बाँधनेवाली इतनी लकीरें तो मिटें कि हमें भी संकल्प का और ध्यान में अधिक समय तक बैठने का ख़याल आए। वृत्तियों और लकीरों का भंडार इतना तो कम हो कि आपके अंदर यह ख़याल आए, 'जब-जब और जहाँ-जहाँ मुझे मौक़ा मिलेगा, वहाँ मैं ध्यान करूँगा।'

विकारों से मिले मुक्ति

दूसरों को देख-देखकर इंसान के अंदर नफ़रत, द्वेष और दुर्भाव का भंडार बढ़ता ही जा रहा है इसलिए आजकल लोग विचारों से लेकर वाणी तक में हिंसक हो चुके हैं। अपने अंदर से इन विकारों को निकाल देना है ताकि सत्संग में जाने, ध्यान करने और संकल्प लेने का ख़याल आपके अंदर उठे। वरना तो ऐसा कोई विचार आएगा ही नहीं और सत्य की ओर अगली क्रिया भी नहीं होगी। सब कुछ स्वचलित (happening) और ख़ूबसूरती से चल रहा होता है। जो इसे जितने बेहतर ढंग से समझता जाएगा, वह उतना ही आनंदित होता जाएगा और 'है' की अवस्था में रहने लगेगा। 'है' की अवस्था यानी जहाँ न दुःख है, न सुख।

महापुरुषों की कहानियाँ सिर्फ़ माध्यम हैं। असल में आपको यह

समझने का प्रयास करना है कि उन महापुरुषों के अंदर क्या चल रहा था, उनकी आंतरिक अवस्था कैसी थी। उनकी कहानियाँ पढ़कर आपको स्वयं से पूछना है, 'क्या यह ऐसी चीज़ है, जिसे मैं भी कर सकता हूँ?' गौतम ने यही किया इसीलिए वे संकल्प लेकर बैठ पाए।

यदि आपकी वृत्तियों का भंडार 51 प्रतिशत भी ख़ाली हो गया तो आपको अच्छे ख़याल आना शुरू हो जाएँगे और आप नए संकल्प ले पाएँगे। वरना सिर्फ़ 40 प्रतिशत ही कचरा साफ़ हुआ है तो अंदर मौजूद बाक़ी 60 प्रतिशत कचरा नए विचारों को अंदर नहीं आने देगा। ऐसे में आपको ख़ाली होने के लिए और अधिक प्रयास करने की आवश्यकता है। जैसे ही आधे से ज़्यादा या 51 प्रतिशत कचरा निकल जाता है तो ऐसे संकल्प सहजता से उठेंगे, 'आज मैं पूरा दिन साधना में रहूँगा।' लोग तो बताएँगे, 'हम तो आज सारा दिन क्रिकेट मैच देखेंगे', जबकि आप कहेंगे, 'मैं दिनभर साधना करूँगा।'

फिर ऐसे विचार आएँगे, 'अगर आज पब्लिक हॉलिडे है तो हम कुछ ऐसा करें कि यह होली डे (पवित्र दिवस) बन जाए।' संकल्प उठने और देखने की कला आने के बाद आगे का कार्य तीव्र गति से होता है। देखने की कला आना भी एक विशेष अवस्था है। हालाँकि ऐसा नहीं है कि इस अवस्था में शरीर में कोई पीड़ा बचती ही नहीं है। पीड़ाएँ तो रहती हैं, सब कुछ होता है लेकिन जैसे ही पीड़ाएँ कम होती हैं तो सुखद अनुभव शुरू हो जाता है। आपको इनमें भी न अटकते हुए अपनी साधना को जारी रखना है।

गौतम की कहानी में बताया गया है कि उन्हें मन की मार द्वारा बहुत डराया गया लेकिन वे वैसे ही रहे। उन्होंने बहुत तकलीफ़ें झेलीं लेकिन उनसे किसी भी प्रकार का जुड़ाव न रखते हुए हर तकलीफ़, हर दर्द और हर वेदना को वे साक्षी भाव के साथ देखते रहे। दु:ख और तकलीफ़ों से उनका कोई झगड़ा नहीं था। आप थोड़ा तो समझ सकते हैं कि यह कैसी अवस्था होगी।

पार्ट टू (मृत्यु उपरांत जीवन) के सुखों का लालच

कभी-कभी ध्यान में बैठने पर कुछ लोगों के अंदर डर का विचार आ सकता है, 'मैं ध्यान में नहीं बैठूँगा क्योंकि मेरा तो अंतिम दिन आनेवाला

है और अब तक मैंने अपनी वसीयत भी नहीं लिखी है।' ध्यान में आनेवाले ऐसे विचार को साक्षी भाव से ही देखें। गौतम ने यही किया था क्योंकि डर के विचार किसी हमले से कम नहीं थे। जब उन्होंने सारे विचारों को साक्षी भाव से देखा तो सुखद तरंगें भी उठीं। कहानी में बताया जाता है कि गौतम पर ये हमले करने के लिए 'मार' यानी शैतान ने कई देवों को राज़ी किया और कहा, 'गौतम को पार्ट टू (मृत्यु उपरांत जीवन) के सुखों का दर्शन कराओ क्योंकि इसने पृथ्वी के सारे सुख पहले ही भोग लिए हैं इसलिए उनमें इसकी कोई दिलचस्पी नहीं है। इतनी साधना करने के बाद अब इसे मालूम हो गया है कि पृथ्वी के सारे सुख अस्थायी हैं और उन सुखों का दर्शन कराने से गौतम पर कोई असर नहीं होगा। इसीलिए उसके सामने पार्ट टू के सुखों का वर्णन करो।'

दरअसल, यदि गौतम की जगह कोई और इंसान होता तो वह पृथ्वी पर के सुखों को देखकर, उन्हीं से संतुष्ट होकर ध्यान करना छोड़ देता। उसे सिर्फ़ इतना कहा जाता, 'ये सारे सुख स्थायी हो सकते हैं... तुम्हारी नौकरी स्थायी हो सकती है... तुम्हारे जीवन में आनेवाली सुंदर स्त्री स्थायी हो सकती है... तुम्हारे बेटे हमेशा तुम्हारे साथ रहेंगे... तुम ऐसी वसीयत बनाओ कि सब तुम्हारे साथ रहें और तुम्हारा आदर करें... अगर कोई विदा नहीं होगा तो कोई दुविधा भी नहीं होगी... बस सुविधा ही सुविधा होगी...' वगैरह-वगैरह। इस तरह की बातें सुनकर सामान्य इंसान का मन यह मानने को फ़ौरन तैयार हो जाता है कि ये सब स्थायी हो सकता है क्योंकि इंसान हमेशा इसी उम्मीद में जीता है। वह चाहता है, 'जो लोग आज मेरी बात सुन रहे हैं, वे हमेशा सुनें... मुझे जो सुविधा मिल रही है, वह हमेशा मिले... जो खाना मिल रहा है, वह हमेशा मिले...' वगैरह-वगैरह। चूँकि इंसान में मन मुताबिक़ सब कुछ स्थायी करने की इच्छा होती है इसलिए वह इस पर राज़ी होने के लिए हमेशा तैयार रहता है। बस, वह इतना चाहता है कि कोई एक बार आकर उसकी इस इच्छा पर अपनी मोहर लगा दे। इसीलिए जैसे ही कोई कहता है कि यह सब स्थायी हो सकता है, इंसान फ़ौरन उसके सामने समर्पण कर देता है। ऐसे इंसान को झुकाने के लिए तो शैतान को ख़ुद आने की ज़रूरत ही नहीं होती क्योंकि ऐसे इंसान को सिर्फ़ विकार का एक प्यादा भेजकर भी राज़ी किया जा

सकता है। सब कुछ स्थायी करने की इस चाहत के कारण ही इंसान सच्चाई से मुँह मोड़ लेता है क्योंकि वह सच्चाई देखना ही नहीं चाहता।

भगवान बुद्ध ने कहा है, 'चाहे सुख हो या दुःख, सब अस्थायी है इसलिए पहले पक्का करो कि सच क्या है।' तभी तो शैतान को ख़ुद आकर गौतम को पार्ट टू के सुख दिखाने पड़े क्योंकि ये सुख ज़्यादा समय तक रहते हैं। जैसे : गुलाबजामुन खाने के दो घंटे के बाद आपसे पूछा जाए, 'स्वाद कहाँ है?' तो होश जग सकता है, 'अरे, स्वाद अभी तो नहीं है' क्योंकि इंसान स्वाद को भी स्थायी करना चाहता है इसीलिए तो वह बार-बार अपनी पसंदीदा चीज़ें खाता रहता है। पार्ट टू में यह स्वाद कई दिनों तक चल सकता है इसलिए यह भावना जगने की संभावना ज़्यादा होगी कि यह स्थायी है। अगर पृथ्वी पर कुछ देर तक चलनेवाला स्वाद बेहोशी की वजह से स्थायी लग सकता है तो कई दिन रहने से वह और अधिक स्थायी लगेगा।

अस्थायी सुख या साधना - चुनाव

जब इंसान वासनाओं में लिप्त हो जाता है तब उसे बहुत अच्छा लगता है इसलिए वह मान लेता है कि यह एहसास स्थायी हो सकता है। ऐसा इंसान जब पार्ट टू में जाएगा तो वहाँ उसे सब कुछ स्थायी ही लगेगा। जो चीज़ पृथ्वी में स्पष्ट नहीं हुई वह पार्ट टू में कैसे स्पष्ट होगी? इसीलिए गौतम को वहाँ के सुख दिखाए गए और सूक्ष्म देह का एहसास कराया गया। आपको इस बात के पीछे छिपे अर्थ को समझना है, जिसे कहानियाँ नहीं बता पाती हैं। सूक्ष्म देह में उन्हें शरीर से परे के अनुभव कराए गए। वे जाग्रत अवस्था में शरीर के बाहर, सूक्ष्म देह से सारे नज़ारे जानते रहे।

सभी सुखों को महसूस करने के बावजूद उन्होंने निर्णय लिया, 'मैं साधना ही करूँगा क्योंकि ये सारे सुख अस्थायी हैं।' इतनी कठिन परीक्षा के बावजूद भी वे अपने संकल्प से नहीं हिले।

अगर पार्ट टू के सुख देकर लोगों की भी परीक्षा ली जाए तो यह देखना दिलचस्प होगा कि कितने प्रतिशत लोग इस परीक्षा में सफल हो पाएँगे? इस परीक्षा में वह इंसान असफल ही होगा, जो पार्ट टू के सुखों के साथ सत्य का सौदा करेगा।

दरअसल, इस परीक्षा में 90 प्रतिशत लोग असफल ही होंगे। हालाँकि इसमें से 50 प्रतिशत लोग गुरु आज्ञा और भक्ति की वजह से थोड़े समय के बाद बाहर आकर बच जाएँगे लेकिन बाक़ी लोगों की उसी में डूबे रहने की संभावना है। ये 50 प्रतिशत लोग कुछ समय बाद बाहर आ सकते हैं क्योंकि उनके अंदर जो बीज गया है, वही पार्ट टू में काम आता है। जबकि जो 10 प्रतिशत लोग सफल होंगे, वे वही लोग होंगे, जो सारे सुख मिलने के बाद भी साधना करना चाहेंगे क्योंकि उन्होंने सच्ची साधना को पूरी तन्मयता से समझा है। जब उनकी परीक्षा ली जाएगी तब उन्हें केवल सत्य याद आएगा, जिसके बीज उनके अंदर गए हैं।

जो इंसान बहुत सारी साधनाएँ करके पार्ट टू में जाता है, उसे वहाँ काफ़ी मदद मिलती है क्योंकि उसने सत्य के बारे में जो भी सुना या पढ़ा है, वह कहीं न कहीं उसके काम आता है। उच्चतम के प्रति उसका प्रेम ही उसे उच्च स्तर पर लेकर जाता है। जिसने पृथ्वी जीवन में स्वयं पर काम नहीं किया होता, उसके लिए इन सुखों के प्रलोभन से बचना नामुमकिन है।

असल में इंसान सिर्फ़ दुःख से मुक्त होना चाहता है, सुख से नहीं। इसीलिए वह व्यसनों में लिप्त हो जाता है। उसे पता ही नहीं चलता कि कब उसे व्यसनों से मोह हो गया। उसे किसी ने बताया भी नहीं होता है कि ये व्यसन उसे किस दलदल में पहुँचाएँगे। समझ न होने के कारण वह लंबे समय तक ऐसी बातों में समय गँवाता है। सिगरेट, शराब या कोई भी अन्य नशा करके इंसान को अच्छा महसूस होता है, तभी तो कुछ लोग जीवनभर इन्हीं में लिप्त रहते हैं। कुछ लोग तो इसी को अध्यात्म समझ बैठते हैं। नशे को अध्यात्म समझनेवाले लोग तो अध्यात्म से कोसों दूर होते हैं और हमेशा व्यसनों में लिप्त रहते हैं। उन्हें सुख से होनेवाले मोह के बारे में कुछ पता ही नहीं होता इसलिए वे बस स्वयं को ज्ञानी समझकर उलझे रहते हैं। नशे से होनेवाला अच्छा एहसास उनके अंदर गहराई तक बैठा होता है इसलिए उससे विदा होना उनके लिए किसी आंतरिक युद्ध से कम नहीं होता।

गौतम को इससे हज़ारों गुना ज़्यादा अच्छा महसूस कराया गया था लेकिन फिर भी वे अपना संकल्प नहीं भूले क्योंकि उनके सामने उनका

उद्देश्य स्पष्ट था। जब उनके शरीर पर दुःख आए तो उन्होंने दुःखों से झगड़ा नहीं किया और न ही सुखों के साथ कोई लगाव रखा। तब जाकर उन्हें वह अवस्था प्राप्त हुई, जो हर किसी को प्राप्त नहीं होती।

इस कहानी द्वारा आपको यही बताने का प्रयास किया जा रहा है कि कितना कार्य करके गौतम स्वअनुभव तक पहुँचे थे। यदि इसे समझ पाए तो आप हर जगह सहज रहेंगे और छोटी-मोटी बातों में नहीं उलझेंगे। जब आपके सामने कोई समस्या आएगी तो आप स्वयं से पूछेंगे, 'क्या मेरी समस्या गौतम बुद्ध की समस्या से बड़ी है? क्या मैं इतनी सी समस्या से भी नहीं निपट सकता?' ऐसी कहानियाँ पढ़कर, सुनकर आपके अंदर तीव्रता से यह शुभेच्छा जगनी चाहिए, 'मुझे सुख और दुःख, दोनों से आज़ाद होना है।'

ध्यान करनेवाला इंसान बाहर से शांत दिखता है लेकिन उसके अंदर युद्ध चल रहा होता है क्योंकि उसे प्रलोभनों से बचना होता है। आंतरिक युद्ध समाप्त होने के बाद, अगले दिन सुबह होने तक खोजी गौतम समाप्त हो गए और बुद्ध प्रकट हुए।

अध्याय 6

बुद्ध की कहानी

सात दिनों के बाद गौतम बुद्ध यह समझ और उच्चतम ज्ञान देने के लिए सही पात्र यानी योग्य इंसान को ढूँढ़ने निकल पड़े। पात्र यानी ऐसा इंसान जिसका इतना विकास पहले ही हो गया है कि वह इस ज्ञान को सीधे शब्दों में ग्रहण कर पाए।

गौतम बुद्ध को सात दिन तक इस बात का आश्चर्य था कि यह रहस्य समझना कितना आसान है। कोई ऐसा इंसान जो पात्र हो चुका है, जिसके अंदर कोई मान्यता नहीं है, वह इसे तुरंत समझ सकता है। परंतु किसी अपात्र इंसान के लिए यह सबसे कठिन भी हो सकता है।

मन के विषयों को समझने के लिए पात्र लोग आसानी से मिल जाते हैं जैसे आज तक बहुत सारे वैज्ञानिकों ने कई बड़े-बड़े आविष्कार किए हैं। उन्होंने भी लंबे समय तक खोज की थी और इस खोज के दौरान एक दिन जब उनके सामने विज्ञान के रहस्य खुल गए तो वे दौड़ते हुए सबको बताने के लिए निकल पड़े। उन्होंने ये बातें अपने मित्रों को, सहकर्मियों को तथा अपने शिक्षकों को बताई, जो उनकी बातें समझ पाए। उन्हें ऐसे कई लोग मिल गए जो उनकी बातें समझ सकते थे।

परंतु गौतम बुद्ध को कई दिनों तक ऐसा एक भी इंसान नहीं मिला, जो इतना पात्र हो कि पूरे ब्रह्माण्ड का रहस्य समझ पाए। क्योंकि यह मन के क्षेत्र का विषय नहीं था, इसे समझने के लिए पात्रता अनिवार्य थी। जबकि उस वक़्त के लोग जो बहुत गहरी मान्यताओं में जी रहे थे, वे इसे समझ नहीं पाते।

गौतम बुद्ध यह ज्ञान अपने पुराने गुरुओं को दे सकते थे परंतु उनकी मृत्यु हो चुकी थी। अब केवल उनके पाँच साथी रह गए थे। बुद्ध यात्रा करते हुए उनसे जा मिले। पहले तो कोण्डन्य और उनके साथियों ने उनका बहिष्कार करने की सोची। लेकिन बाद में जैसे-जैसे बुद्ध उनके नज़दीक आते गए, उनका तेज देखकर वे समर्पित हो गए। उन्हें समझ में आ गया कि सामनेवाले शरीर में वह सत्य प्रकट हो चुका है। उन्होंने तुरंत गौतम बुद्ध को आसन देकर अपनी भक्ति व्यक्त की। सालों की तपस्या के बाद वे सत्य श्रवण करने के लिए उत्सुक थे। तब बुद्ध ने उनके लिए पहला ज्ञान शिविर लिया।

गौतम बुद्ध ने अपने प्रवचनों में 'आत्मा, परमात्मा, आकार-निराकार, स्वर्ग-नर्क और पिछले जन्मों के कर्म' इन शब्दों का इस्तेमाल नहीं किया। क्योंकि वे जानते थे लोग व्यर्थ ही बुद्धि विलास में उलझ जाएँगे और बुद्धि तथा समय का सही उपयोग न करके मोक्ष प्राप्ति से वंचित रह जाएँगे।

यात्रा करते हुए गौतम बुद्ध एक गाँव में पहुँचे। वहाँ जब लोगों को गौतम बुद्ध के आने की ख़बर मिली तो बहुत सारे लोग उनके उपदेश सुनने के लिए एकत्रित हो गए। लोगों से जब वार्तालाप शुरू हुआ, तब एक जिज्ञासु ने गौतम बुद्ध से सवाल पूछा, 'आपने अब तक आत्मा के बारे में कुछ भी नहीं बताया, कृपया हमें बताएँ क्या आत्मा होती है?' यह सवाल सुनकर गौतम बुद्ध चुप हो गए। उन्होंने आँखें बंद कर लीं।

गौतम बुद्ध के शिष्यों को यह बात भली-भाँति पता थी कि इस सवाल का जवाब नहीं दिया जाएगा। क्योंकि पहले उन्होंने जब भी बुद्ध से ऐसे प्रश्न पूछे थे, जैसे : मरने के बाद आत्मा कहाँ जाती है? स्वर्ग कैसा होता है? परमात्मा कैसे दिखता है? इत्यादि । तब वे चुप रहते या अपने शिष्यों को एक ही पंक्ति कहते, 'तथागत ने इस बात को अव्यक्त रखा है।' यह पंक्ति सुनकर उनके शिष्य समझ जाते थे कि इस विषय पर हमें बात नहीं करनी है और वे अगले विषय पर चले जाते।

इस बार भी गौतम बुद्ध ने कोई जवाब न देते हुए आँखें बंद कर ली थीं। कुछ क्षणों में उन्होंने आँखें खोलीं और वहाँ पर उपस्थित सभी लोगों को संबोधित करते हुए कहा, 'यदि किसी इंसान को तीर लगा हो तो क्या

वह यह पूछेगा, तीर चलानेवाला कौन था? किस कमान से वह तीर चलाया गया था? तीर किस धातु का बना हुआ था? तीर पर कौन सा ज़हर लगाया हुआ था? इस ज़हर से कितनी जल्दी मृत्यु होती है? पहले यह जानकारी लेकर आओ, फिर तीर निकालो। नहीं, पहले तीर निकालने का प्रयास करना चाहिए, बाद में व्यर्थ की बातों पर सोचा जा सकता है। पहले दुःख से मुक्त हो जाएँ, फिर बुद्धि विलास की बातें करें।' यह बात सुनकर कई लोग समझ गए कि भगवान बुद्ध हमें समझाना चाहते हैं कि ऐसे सवालों के जवाब जानकर हमारा दुःख तो दूर नहीं होगा इसलिए हमें ऐसी बातों में समय न गँवाते हुए पहले दुःख से मुक्ति पानी चाहिए।

एक दिन जंगल से यात्रा करते वक़्त इसी बात को सबको समझाने के लिए गौतम बुद्ध ने ज़मीन पर पड़े हुए कुछ पत्ते अपनी मुट्ठी में उठाए और कहा, 'भिक्षुओ, जितने पत्ते मेरी मुट्ठी में हैं, उससे कई गुना ज़्यादा इस जंगल के पेड़ों पर हैं। मैंने आप सभी को उतना ही ज्ञान दिया है, जितना आवश्यक है, जितना मेरी मुट्ठी में है। इससे ज़्यादा ज्ञान मेरे पास है लेकिन आपकी मुक्ति के लिए ज़रूरी नहीं है। आप केवल इन्हीं सिद्धांतों पर काम करो और दुःख से मुक्त हो जाओ। बेकार के बुद्धि विलास में न उलझो और समय का सदुपयोग करो। यही ज्ञान आपको निर्वाण पद देगा।' इस तरह सभी शिष्य समझ गए कि हमें बुद्धि विलास की बातों में समय नहीं गँवाना है।

इस प्रकार भगवान बुद्ध ने पहला बोध अपने पाँच साथियों को दिया। उसके बाद वे चारों ओर अपने साथियों के साथ सत्य प्रसार में निकल पड़े। भगवान बुद्ध के आने का समाचार जब राजाओं को मिलता तब वे भी बुद्ध को सुनने आते। कुछ राजाओं ने बुद्ध से दीक्षा ली। जिस वजह से उनके राज्य में सारी प्रजा बुद्ध की शरण में आई। प्रसेनजित, बिम्बिसार जैसे राजाओं ने संघ की शरण ली।

राजा शुद्धोधन ने भी जब भगवान बुद्ध के बारे में सुना कि वे बोध प्राप्त कर चुके हैं तथा उनके राज्य के क़रीब आए हुए हैं, तब उन्होंने भी अपने बेटे को अपने राज्य में आने का निमंत्रण दिया। बुद्ध ने वह निमंत्रण स्वीकार किया तथा वे कपिलवस्तु लौटे। राजा शुद्धोधन को जब पता चला

कि उनका बेटा उनके ही राज्य में भिक्षा माँग रहा है, तब उन्हें बहुत बुरा लगा। जिन सड़कों पर गौतम बुद्ध रथ में जाया करते थे, वहीं वे भिक्षा माँग रहे थे। यह बात शुद्धोधन को बहुत खटकी। उन्होंने बुद्ध से जाकर शिकायत की। बुद्ध ने कहा, 'भिक्षा माँगना हमारे वंश की परंपरा है।' शुद्धोधन ने आश्चर्य से कहा, 'हमारे वंश की ऐसी तो कोई परंपरा नहीं है।' तब बुद्ध ने कहा, 'मैं आपके वंश की नहीं, अपने वंश की बात कर रहा हूँ। मेरा वंश बुद्धों का वंश है, जो भिक्षा पाकर अपनी आजीविका चलाते हैं।' शुद्धोधन ने उनकी एक भी न सुनी, वे उन्हें मनाकर महल ले आए। बुद्ध ने महल में आकर भोजन ग्रहण किया।

बुद्ध की माँ प्रजापति गौतमी ने भी बुद्ध से उपदेश सुनकर दीक्षा ग्रहण की। महारानी के संघ में जुड़ने से कई महिलाओं के लिए दीक्षा लेने का रास्ता खुला। यशोधरा भी आगे चलकर दीक्षा ग्रहण कर पाई। यशोधरा ने पहले अपने बेटे राहुल को, जो उस वक़्त सात साल का था, बुद्ध के पास अपना उत्तराधिकार माँगने के लिए भेजा। राहुल ने बुद्ध से बेटा होने के नाते उत्तराधिकार माँगा। बुद्ध ने राहुल को अपनी बहुमूल्य दौलत अर्थात ज्ञान की दीक्षा दे दी और उसे भी संघ में दीक्षित किया गया। इसके अलावा बुद्ध ने अपने भाई नंद को भी दीक्षित किया, जिसकी शादी उन्हीं दिनों हुई थी। नंद ही राजगद्दी सँभालनेवाला था लेकिन दीक्षा पाकर वह भी संघ में जुड़ गया। शुद्धोधन को जब यह सब पता चला तब वे नाराज़ होकर बुद्ध से मिले। उन्होंने बुद्ध से कहा, 'कम से कम बच्चों को दीक्षित करने से पहले उनके माता-पिता से पूछा जाए।' उस दिन से बुद्ध ने अपने संघ में यह नियम बनाया कि बच्चों की दीक्षा से पहले उनके माता-पिता से अनुमति माँगी जाए। राजा शुद्धोधन को छोड़कर उनका अधिकांश परिवार दीक्षित हो गया।

अध्याय 7

अनुभव से निकली पुकार

बुद्ध का चचेरा भाई देवदत्त बचपन से बुद्ध से ईर्ष्या और नफ़रत करता था। उसकी यह नफ़रत तब भी बरकरार थी जब बुद्ध सत्य प्राप्त करके अपने राज्य लौट आए थे। जब परिवार के लगभग सभी लोगों ने बुद्ध से दीक्षा ली तब देवदत्त को भी मजबूरी में दीक्षा लेनी पड़ी। परंतु उसके अंदर नफ़रत भरी हुई थी और वह गौतम बुद्ध को हानि पहुँचाने की योजनाएँ बनाने लगा।

देवदत्त संघ के लोगों को ही भड़काकर अपनी तरफ़ करने लगा। शुरू में लोग उसकी बातों में आ जाते थे परंतु जैसे ही उन्हें उसके ग़लत इरादे पता चलते तो वे उसका साथ छोड़ देते थे। फिर देवदत्त ने दूसरा रास्ता अपनाया। उसने बुद्ध के बारे में अपने मित्र के पुत्र राजा अजातशत्रु के कान भरे, जिससे राजा अजातशत्रु बुद्ध के इतने खिलाफ़ हो गए कि वे बुद्ध के समर्थकों को कारागृह में डालने लगे। बुद्ध का समर्थन करने की वजह से उन्होंने अपने पिता को भी नहीं छोड़ा।

एक दिन दोनों ने मिलकर बुद्ध की हत्या की योजना बनाई। अजातशत्रु ने अपने सबसे बलवान हाथी को ख़ूब मदिरा पिलाई और बुद्ध को जंगल में एक रास्ते पर अकेले पाकर उनकी तरफ़ छोड़ दिया। हाथी मदिरा की वजह से मस्ती में बुद्ध की तरफ़ दौड़ते हुए बढ़ रहा था। रास्ते में आनेवाली हर बाधा को वह उखाड़कर फेंक रहा था। परंतु बुद्ध यह सब देखकर भी निश्चिंत होकर अपने रास्ते पर आगे बढ़े जा रहे थे। कहा जाता है कि जैसे ही हाथी बुद्ध के नज़दीक पहुँचा, रुककर शांत हो गया, फिर उसने बुद्ध के सामने झुककर उन्हें अभिवादन किया। यह सब देखकर देवदत्त, अजातशत्रु

और उनके लोगों के मुँह खुले के खुले रह गए।

किसी को समझ में नहीं आया कि यह चमत्कार कैसे हो गया? दरअसल, उस समय भगवान बुद्ध तो अपने ही अनुभव पर रहते हुए उस हाथी के सामने चलते जा रहे थे। यदि आप अपने अनुभव पर हैं तो इसका अर्थ आप सामनेवाले शरीर में जो अनुभव है, उसी को ही पुकार रहे हैं। ऐसे में सामनेवाला आपको नुक़सान नहीं पहुँचा सकता। इसीलिए कहा जाता है कि मात्र उपस्थिति ही बहुत बड़ा काम करती है। सेल्फ़ रियलाइज़ होना यानी संसार की एक बहुत बड़ी मदद करना। भगवान बुद्ध अपने अनुभव में थे इसलिए मदमस्त हाथी में भी चेतना जाग्रत हो गई। चेतना के जाग्रत होते ही हाथी नतमस्तक हो गया और उन्हें अभिवादन करने लगा। उस हाथी में भी चैतन्य (सेल्फ़) है, वहाँ पर भी वैसा ही अनुभव है, जिसे भगवान बुद्ध ने अपने अनुभव से पुकार लगाई थी।

आप दिनभर कई लोगों से मिलते हैं लेकिन आपके अंदर जो चैतन्य है, उसे कोई नहीं पुकारता। जब तक आप सत्य श्रवण नहीं करते, तब तक आपको पता भी नहीं चलता कि आप अपने आपको शरीर मानकर जी रहे थे। आप इतनी जगहों से होकर आए, इतने लोगों से मिलकर आए लेकिन कभी आपको यह नहीं लगा कि आप जो हैं, उसे कोई पुकार रहा है। उपर्युक्त घटना के बाद भी देवदत्त राजा अजातशत्रु से मिलकर बुद्ध के खिलाफ़ षड्यंत्र रचते रहे। अंत में कई सारी बीमारियों के बीच उनका देहान्त हो गया। भगवान बुद्ध ने देवदत्त की सारी ग़लतियों को सदा माफ़ किया।

अध्याय 8

निर्वाण अवस्था का ज्ञान

एक बच्चा अपनी माँ के साथ मेले में गया। वहाँ पर वह सब आश्चर्य और ख़ुशी से देख रहा था। मेले में कई स्टॉल्स होते हैं। खिलौने, मिठाई इत्यादि की दुकानें होती हैं। इन सब दुकानों को निहारता बच्चा चल रहा था। माँ भी बच्चे के नन्हे क़दमों के साथ चल रही थी। बच्चे को खिलौने बहुत अच्छे लगे इसलिए वह उन्हें जी भरकर देख रह था लेकिन अचानक उसने देखा कि उसकी माँ उसके साथ नहीं है।

बच्चे ने पीछे देखा तो एक औरत उसकी माँ जैसी साड़ी पहने कुछ ख़रीद रही थी। वह भागा-भागा उसके पास गया लेकिन ये तो उसकी माँ थी ही नहीं। अब बच्चे को लगा कि उसकी माँ खो गई है और वह रोने लगा। बच्चे को रोता देख एक दुकानदार उसे झुनझुना दिखाने लगा। बच्चा ने झुनझुने को देखकर कहा, 'मुझे यह चाहिए।' उसकी जेब में माँ ने कुछ पैसे रखे थे, उन पैसों से उसने दुकानदार से झुनझुना ख़रीद लिया और बजाने लगा। अब कुछ समय के लिए उसके मन से माँ की याद धुँधली हो गई। कुछ समय बाद बच्चा आगे चलने लगा, थोड़ी देर बाद फिर से उसे माँ की याद आई, 'अरे! माँ किधर है?' और वह फिर से रोने लगा।

एक औरत की नज़र उस बच्चे पर पड़ी। उस औरत ने अपने बालों में गुलाब का फूल लगाया था। बच्चे को रोते देखकर, उसने अपने बालों में से गुलाब निकालकर बच्चे को दे दिया। बच्चे को फूल पसंद आया। वह थोड़ी देर फिर ख़ुश रहा। लेकिन माँ की याद आते ही वह रोने लगा।

इस कहानी के पीछे का आशय यह है कि ये सारी बाहरी चीज़ें हमारे मन को थोड़ी देर के लिए ही शांत कर पाती हैं लेकिन हमें असली शांति

निर्वाण से ही प्राप्त होगी। ठीक उसी प्रकार जिस प्रकार उस बच्चे को ख़ुशी तभी मिलेगी, जब उसकी माँ उसे मिलेगी। अन्यथा वह क्षणिक बातों में ख़ुशी ढूँढ़ेगा लेकिन बस कुछ देर के लिए ही वह ख़ुशी का एहसास कर पाएगा। आइए, अब माँ को पहचानना सीखें यानी निर्वाण अवस्था क्या है? यह जानें।

निर्वाण अवस्था

निर्वाण की अवस्था को मोमबत्ती के उदाहरण से समझें। एक मोमबत्ती जल रही है और आपने उसे फूँक मारी। फूँक लगते ही मोमबत्ती की ज्योति यानी उसका जलता हुआ हिस्सा बुझ जाता है यानी शून्य को प्राप्त हो जाता है। मोमबत्ती को बुझाने के लिए आप मोमबत्ती की आग को फूँक मारते हैं, मोमबत्ती को नहीं। आग को जलाए रखने में मोमबत्ती के अंदर जमा हुआ ईंधन मदद करता है। यह ईंधन स्रोत है जो अग्नि को जला रहा है, लेकिन फूँक मारते ही अग्नि यूँ ग़ायब हो जाती है मानो कभी रही ही न हो। इंसान के अंदर जब ऐसी अवस्था आ जाती है तब उसे 'निर्वाण अवस्था' कहा जा सकता है।

यहाँ पर मोमबत्ती – इंसान के शरीर का प्रतीक मान लें।

उसके भीतर का ईंधन – सेल्फ़, स्वअनुभव, चैतन्य, चेतना का प्रतीक और

जलनेवाली ज्योति – इंसान के भीतर के अहंकार का प्रतीक करके लें।

गुरु अहंकार को मिटाने यानी ज्योति को फूँक मारने का काम करते हैं मगर सभी मोमबत्तियों में यानी सभी लोगों में निर्वाण अवस्था नहीं आती। कई-कई बार फूँक मारने पर, किसी एक मोमबत्ती में यह अवस्था तैयार होती है। तब इंसान सांसारिक आडम्बरों को उतार स्वयं को प्राप्त होता है, अहंकारशून्य होता है। ऐसी अवस्था को ही 'निर्वाण' कहा गया है।

निर्वाण का अनुभव किया जा सकता है, लेकिन शब्दों में उसका वर्णन नहीं किया जा सकता। जैसे जीवन के आगे मृत्यु है, मृत्यु के आगे जीवन है। जीवन-मृत्यु का यह चक्र निरंतर चलता रहता है, अहंकार

का जन्म होना, मरना, फिर से जन्म लेना, इस चक्र से मुक्त होने को ही 'निर्वाण' कह सकते हैं। इंसान के भीतर का अहंकार ही निर्वाण की अवस्था आने में बाधा बनता है। अहंकार के समर्पण से ही इंसान स्वयं को जान सकता है। यदि इस अहंकार के समर्पण में देर हो गई तो वह ज्योति जो एक फूँक मारने से बुझ जाती है, वह इंद्रियों और समय का बल पाकर ज्वाला का रूप धारण कर लेती है। जब इंसान निर्वाण ज्ञान पाकर अहंकार को समर्पित करता है तब सत्य के लिए उसके मन में प्रेम जाग्रत होता है। इस प्रकार के समर्पण में फूँक का असर तेज़ होता है और वह जल्द ही सदेह मुक्ति को प्राप्त कर लेता है।

भगवान बुद्ध के अनुसार निर्वाण की अवस्था को वही समझ सकता है, जिसने इसका अनुभव किया हो यानी दुःख मुक्ति अवस्था को प्राप्त कर लिया हो। बिना अनुभव के केवल प्रतीकों और उदाहरणों के माध्यम से ही इसे समझा जा सकता है।

निर्वाण की अवस्था प्राप्त होने के बाद ठहराव की स्थिति आती है। जिस प्रकार से मोमबत्ती को फूँक मारने के बाद वह शांत और स्थिर हो जाती है, उसी प्रकार जब कोई मनुष्य इस अवस्था को प्राप्त होता है तो उसे ऐसा नहीं लगता कि उसने कुछ खो दिया है... कुछ गँवा दिया है... या भीतर से कुछ कम हो गया है...। मोमबत्ती की ज्योति बुझ गई, यह दिखाई देता है मगर इंसान के भीतर का अहंकार ग़ायब हो गया, यह किसी को दिखाई नहीं देता। क्योंकि यह आंतरिक बात है। इंसान सदा भरने की बातें सोचता है, वह सांसारिक चीज़ें ख़ुद में भरते जाता है, ख़ाली होने की बात, वह कभी सोचता ही नहीं है।

इंसान ख़ाली नहीं होता इसलिए उसके अंदर मोमबत्ती की तरह ही ख़ुद को अलग मानने की अग्नि तैयार हो जाती है। इस अग्नि (अहंकार) के साथ जब प्रेम और क्षमा जुड़ती है तो वह विलीन होने के लिए तैयार होती है, फिर सत्य की फूँक से वह निर्वाण को प्राप्त हो जाती है।

लोगों को निर्वाण या समाधि जैसे शब्द शुरुआत में पसंद नहीं आते क्योंकि इससे उन्हें मृत्यु दिखाई देती है। मगर गुरु से समझ प्राप्त होने के बाद, इंसान इस अवस्था को पाने की चाहत रखता है।

निर्वाण अवस्था के दो प्रकार हैं, आइए इन्हें समझते हैं।

निःशेष निर्वाण

जब इंसान मृत्यु के वक्त 'निर्वाण' की अवस्था प्राप्त करता है तब उसे निःशेष निर्वाण कहा जाता है। ऐसे में निर्वाण अवस्था का लाभ लेने के लिए या लोगों को उस अवस्था के बारे में बताने के लिए, उसके पास उम्र ही शेष नहीं रहती इसलिए उसे 'निःशेष निर्वाण' कह सकते हैं। मृत्यु के वक्त उसने शरीर को अलग तरीक़े से देखा। उस वक्त उसके अंदर जो घट रहा था, वह पहले कभी जीवनभर में नहीं घटा था। ख़ुशी में भी ऐसी अवस्था उसे कभी मिली नहीं थी। मृत्यु के समय उसे जीवन का अंतिम सत्य समझ में आया।

हर इंसान के भीतर ऐसी अवस्था प्रकट नहीं होती। जो लोग स्वअनुभव को समझने का प्रिय प्रयास (अच्छा लगनेवाला प्रयास) करते हैं, उन्हें यह अवस्था समझ में आती है।

अवशेष निर्वाण (सदेह निर्वाण)

अवशेष निर्वाण अर्थात जहाँ निर्वाण मिलने के बाद भी उम्र शेष है। शरीर की उम्र शेष है इसलिए यह निर्वाण विशेष हो जाता है। इसे नाम देना है तो विशेष निर्वाण भी कह सकते हैं।

गौतम बुद्ध को जीवन के रहते ही निर्वाण अवस्था प्राप्त हुई, इसे ही 'सदेह निर्वाण' कहा गया। इनके जीवन को जानकर लोगों में भी यह प्रार्थना उठती है और प्यास जगती है, 'हमें भी सदेह निर्वाण की अवस्था प्राप्त हो।'

मृत्यु उपरांत जीवन में निर्वाण

मृत्यु उपरांत जीवन में भी शरीर यानी मोमबत्ती रहती है। इंसान वहाँ पर भी जीवन जी रहा होता है और वहाँ जाने के बाद भी इंसान के भीतर का अहंकार शून्य को प्राप्त हो सकता है। कुछ मोमबत्तियाँ ऐसी होती हैं, जिन्हें आप बुझाते हैं लेकिन वे वापस जल उठती है। फिर आप ज़ोर से फूँक मारते हैं, जिससे उसकी अग्नि चली जाए और वह मोमबत्ती वापस

नहीं जले। अर्थात कुछ लोगों में अहंकार ग़ायब हो जाता है और कुछ समय बाद वापस आ जाता है। ऐसे लोगों पर गुरु को अधिक काम करना पड़ता है। बार-बार फूँक मारने पर भी उनमें अहंकार जाग्रत होता रहता है। ऐसा इसलिए होता है क्योंकि ऐसे लोग मोहवश, शून्य या निर्वाण की अवस्था को पसंद नहीं करते। मोहपाश के इस चक्कर से मुक्त होना क्यों आवश्यक है, अब यह समझते हैं।

मोहपाश का चक्कर

जो लोग मोह-माया के बंधन से खुद को आज़ाद कर चुके हैं या जिन्हें सत्य का ज्ञान हो चुका है, वे ही लोग सत्य के मार्ग पर चलना चाहेंगे वरना तो लोगों को इसका विचार भी नहीं आएगा। मोहपाश के चक्कर में कुछ लोग तो ज्योति से ज्वाला बन गए हैं। इसका मतलब इंसान में अहंकार इतना बढ़ जाता है कि वह विकार बन जाता है, जो मिटाए नहीं मिटता। विकार यानी ऐसी ज्वाला जिसे आप फूँक मारेंगे तो वह बुझनेवाली नहीं है। ऐसे लोग सत्य के मार्ग पर स्वयं तो चलना नहीं चाहते और जो सत्य के मार्ग पर चल रहे हैं, उन्हें भी अपनी ओर खींचते हैं। ऐसे लोगों के लिए बुद्ध जैसे गुरु की बहुत आवश्यकता है।

अंगुलिमाल का उदाहरण आपने सुना होगा। अंगुलिमाल ऐसा डाकू था, जो राह चलते लोगों को मारकर, उनकी अंगुलियाँ काटकर, माला बनाकर अपने गले में पहनता था। लेकिन भगवान बुद्ध के संपर्क में आकर उसकी हत्या करने की, अंगुलियाँ जमा करने की वृत्ति टूट गई। गुरु के संपर्क में आकर डाकू भी बदल सकते हैं।

कुछ ऐसे भी लोग होते हैं, जो पहले से ही गुरु के संपर्क में होते हुए भी नहीं बदलते। जैसे : भगवान बुद्ध के भाई देवदत्त। जो चाहते थे कि सिद्धार्थ राजा न बनें। बचपन से ही उनके मन में सिद्धार्थ के प्रति नफ़रत की आग जल रही थी। ऐसे लोगों पर गुरु की फूँक का भी कोई असर नहीं होता। जब सिद्धार्थ को निर्वाण अवस्था प्राप्त हुई और वे भगवान बुद्ध बन गए, तब देवदत्त को ऐसा लग रहा था कि 'निर्वाण' यानी राजा बनने की तरह ही यह कोई एक पद (पोस्ट) है। जिस तरह वह राजा बनना चाहता

था, उसी तरह अब वह निर्वाण भी प्राप्त करना चाहता था। लेकिन उसे पता नहीं था कि इस अवस्था को पाने के लिए उसे अपना अहंकार खोना पड़ेगा और शून्य होना पड़ेगा। क्योंकि अहंकार के समर्पण से निर्वाण अवस्था प्राप्त हो सकती है, देवदत्त नाम रखने से नहीं।

खण्ड ~ 3

भगवान बुद्ध के मुख्य अनुयायी

अध्याय 9

पुन्न की भक्ति

भगवान बुद्ध के रास्ते में कई साधु आए। ऐसे साधु जिनके 200-300 शिष्य हुआ करते थे। ऐसे साधु बुद्ध से वार्तालाप करके अपने सभी शिष्यों के साथ दीक्षित होते तथा संघ की शरण में जाते। इस तरह शुरू के सालों में ही संघ का विकास तीव्र गति से हुआ। भगवान बुद्ध ने अपने शिष्यों से कहा, 'भिक्षुओ, जाओ जिनकी आँखें धूल से अभी धुँधली नहीं हुई हैं, उन्हें संदेश बताओ। वे सत्य का संदेश ज़रूर सुनेंगे।' उनके शिष्य उत्तर व पूर्व भारत में चारों तरफ़ फैल गए।

भगवान बुद्ध के शिष्य जब भिक्षाटन के लिए गाँव-गाँव जाते थे तब लोग उनके चेहरों को देखकर बोध प्राप्त करने के लिए प्रेरित होते थे। सत्य के खोजी उन्हें देख समझ जाते थे कि जिस चीज़ की वे तलाश कर रहे हैं, वह इन भिक्षुओं को मिल चुकी है। वे खोजी भी फिर बुद्ध की शरण में आते थे।

उस समय व्यापारी व्यापार करने के लिए अपने देश से दूसरे देशों में जाते थे। ऐसे कुछ व्यापारी बुद्ध के संपर्क में आए। बुद्ध से दीक्षा ग्रहण करके अपने देश लौटे। इस तरह बुद्ध की शिक्षाएँ चीन, कोरिया, जापान, थाईलैंड, म्यांमार (बर्मा), तिब्बत, नेपाल इत्यादि मुल्कों में पहुँचीं।

पुन्न नाम के ऐसे ही एक यात्री ने बुद्ध से जब अपने देश जाने की अनुमति माँगी तथा सत्य के प्रचार व प्रसार की आज्ञा चाही तब भगवान बुद्ध ने उससे कई सवाल पूछ-पूछकर उसकी भक्ति परखी। वे सवाल इस प्रकार हैं -

बुद्ध - 'तुम्हारे देश के लोग ये बातें स्वीकार नहीं करेंगे, वे तुम्हें गालियाँ देंगे, बुरा-भला कहेंगे, उस वक़्त तुम क्या करोगे?'

पुन्न - 'मैं ऐसा अनुभव करूँगा कि ये लोग बहुत अच्छे हैं क्योंकि ये मुझे गालियाँ दे रहे हैं, पीट नहीं रहे हैं।'

बुद्ध - 'यदि वे तुम्हें मारें व पीटें तब तुम क्या करोगे?'

पुन्न - 'मैं ऐसा अनुभव करूँगा कि ये लोग बहुत अच्छे हैं क्योंकि ये मुझे केवल पीट रहे हैं, पत्थरों अथवा डंडों से नहीं मार रहे हैं।'

बुद्ध - 'यदि वे पत्थर और छड़ी का इस्तेमाल करें तब तुम क्या करोगे?'

पुन्न - 'मैं ऐसा अनुभव करूँगा कि ये लोग बहुत अच्छे हैं क्योंकि ये हथियारों का इस्तेमाल नहीं कर रहे हैं।'

बुद्ध - 'यदि वे हथियार इस्तेमाल करें और तुम्हें ज़ख़्मी कर दें, तब तुम क्या करोगे?'

पुन्न - 'मैं ऐसा अनुभव करूँगा कि ये लोग बहुत अच्छे हैं क्योंकि इन्होंने मुझे ज़ख़्मी किया है, जान से मार नहीं डाला है।'

बुद्ध - 'यदि वे तुम्हें मार ही डालें तब मरते वक़्त क्या अनुभव करोगे?'

पुन्न - 'मैं ऐसा अनुभव करूँगा कि ये लोग बहुत अच्छे हैं क्योंकि उन्होंने मुझे उस जीवन से मुक्ति दिलाई, जिसमें मुझसे पाप हो सकते थे, ग़लतियाँ हो सकती थीं, मुझे मुक्ति दिलाने में वे निमित्त बने।'

बुद्ध - (प्रसन्नता से) 'पुन्न, तुम अपने देश जा सकते हो, तुम सच्चे अर्थों में ज्ञान ग्रहण कर चुके हो।'

भगवान बुद्ध ख़ुद भी एक राज्य से दूसरे राज्य में, एक जंगल से दूसरे जंगल में भ्रमण करते थे। वे किसी जगह ज़्यादा दिन तक नहीं ठहरते, केवल वर्षा काल में वे एक जगह पर ज़्यादा दिन रुकते। वह भी इसलिए ताकि उनके पाँव से दबकर कोई जीवहत्या न हो जाए। भिक्षु निरंतर अपनी ध्यान साधना में लगे रहते।

संघ का काम बढ़ जाने की वजह से बुद्ध के शरीर की देखभाल (सेवा) का कार्य उनके चाचा के लड़के आनंद ने सँभाला। इस काम के लिए आनंद की केवल एक ही शर्त थी कि भगवान बुद्ध द्वारा दिए गए सारे प्रवचन उसे सुनाए जाएँ। उनका काम था, सदा बुद्ध के साथ रहना, खाना लाना, बरतन, कपड़े धोना, मालिश करना, लोगों से मिलवाना, बुद्ध की वाणी को कंठस्थ करना इत्यादि। आगे कई लोग भगवान बुद्ध द्वारा संघ में दीक्षित हुए, उनकी कीर्ति चारों ओर फैलने लगी।

अध्याय 10

अंगुलिमाल बना भिक्षु

एक घने जंगल में अंगुलिमाल नाम का एक बहुत ही क्रूर डाकू रहता था। उस जंगल के आसपास कई गाँव थे। उन गाँवों के व्यापारी जब भी व्यापार के लिए एक गाँव से दूसरे गाँव की तरफ़ निकलते थे तो वह उनकी हत्या कर देता था और उनके हाथ की एक अंगुली काटकर अपने गले में पहनी हुई माला में जोड़ देता था। एक इंसान को मारने पर उसके गले की माला में एक अंगुली बढ़ जाती थी। जैसे-जैसे वह हत्याएँ करता गया उसके गले की माला लंबी होती गई और उसकी दहशत दूर-दूर के गाँवों में फैलती गई।

एक दिन गौतम बुद्ध अपने संघ के साथ यात्रा करते हुए एक गाँव में पहुँच गए, जो उस जंगल से सटकर था। लोगों से वार्तालाप के बाद उन्हें गाँव की यह समस्या पता चली। यह देखकर उन्होंने अंगुलिमाल से मिलने का निर्णय लिया और वे जंगल की ओर निकल पड़े। कई लोगों ने उन्हें रोकने की कोशिश की, परंतु वे रुके नहीं। वे जैसे-जैसे जंगल के अंदर जा रहे थे जंगल घना और ख़तरनाक होता जा रहा था। जंगल के अंदर पहुँचने के बाद चलते-चलते उन्हें सामने की झाड़ियों में कुछ हरकत दिखाई दी। वे जैसे ही थोड़ा सा आगे बढ़े, अचानक एक बहुत ही भयानक इंसान झाड़ियों से कूदकर बाहर आया। उसके गले में रक्तरंजित इंसानी अंगुलियों की लंबी माला थी। उसके कपड़े ख़ून से भरे हुए थे। उसके बाल बड़े और बिखरे हुए थे, बढ़ी हुई दाढ़ी से उसका लगभग पूरा चेहरा ढँक गया था। उनमें से झाँकती हुई क्रोध से भरी लाल आँखें बुद्ध को घूर रही थीं। बुद्ध का कोई भी प्रतिसाद न देखकर वह आवेश में आ गया और अपने हाथ की तलवार हवा में ऊपर उठाकर बुद्ध की तरफ़ गरजते हुए दौड़ने लगा।

ऐसा दृश्य देखकर कोई भी साधारण इंसान अपनी जान मुट्ठी में लेकर वहाँ से भाग जाता या डर के मारे वहाँ से हिल भी नहीं पाता। परंतु अंगुलिमाल को अपनी ओर दौड़ते हुए देखकर भी गौतम बुद्ध शांति से वहीं खड़े रहे। उनका चेहरा, उनकी आँखें बता रही थीं कि उनके अंदर अनंत शांति फैली हुई है, जो अंगुलिमाल का रूप और गरजना सुनकर थोड़ी भी खंडित नहीं हुई है। अंगुलिमाल जैसे ही नज़दीक आया तो गौतम बुद्ध का अविचलित चेहरा देखकर रुक गया और संभ्रमित हो गया। उसे समझ में नहीं आया कि सामनेवाले इंसान को उसके सामने आए हुए संकट की थोड़ी भी परवाह नहीं है या वह मेरे बारे में जानता ही नहीं है।

उसने गरजते हुए गौतम बुद्ध से पूछा, 'क्या तुम नहीं जानते, मैं कौन हूँ? मेरे गले की माला देखो, अब मैं तुम्हें मारकर इस माला में एक अंगुली और बढ़ानेवाला हूँ।'

गौतम बुद्ध ने जवाब दिया, 'मैं जानता हूँ मित्र, तुम कौन हो। तुम अंगुलिमाल नाम से प्रसिद्ध हो और मैं यह भी जानता हूँ कि तुम क्या करते हो।' गौतम बुद्ध की आवाज़ प्रेम और करुणा से भरी हुई थी।

गौतम बुद्ध के शब्द सुनकर अंगुलिमाल को आश्चर्य हुआ। वह जिसकी हत्या करने के लिए खड़ा है, वह इंसान इतने प्रेम से मुझे मित्र कहते हुए कैसे बात कर सकता है। गौतम बुद्ध की आँखों में उसे अनंत करुणा दिखाई दे रही थी। उसने कई सालों से किसी के मुँह से अपने लिए 'मित्र' शब्द नहीं सुना था।

गौतम बुद्ध ने आगे बात करते हुए कहा, 'मित्र, तुम्हारी माला की शोभा बढ़ाने के लिए मैं अवश्य तुम्हें अपनी अंगुलियाँ दूँगा। परंतु उसके पहले मुझे तुम सामनेवाले पेड़ के कुछ पत्ते लाकर दो।' अंगुलिमाल ने तुरंत सामनेवाले पेड़ के कुछ पत्ते तोड़कर ला दिए। बुद्ध ने कहा, 'अब इन्हें वापस उसी जगह पर जोड़ दो।' अंगुलिमाल ने कहा, 'यह तो मैं नहीं कर सकता।'

गौतम बुद्ध ने उसे समझाते हुए कहा, 'मैं भी तुम्हें यही बात समझाने आया हूँ। किसी भी चीज़ को तोड़ना बहुत आसान है परंतु जोड़ना उतना ही कठिन। क्रोध में आकर निर्दोष लोगों की हत्या करना आसान है। परंतु

क्रोध के बावजूद सामनेवाले को क्षमा कर पाना, उससे प्रेम कर पाना उतना ही कठिन है और इसी में सच्ची वीरता है। इसके बावजूद भी अगर तुम मेरी अंगुलियाँ लेना चाहते हो तो आगे बढ़ो और ले लो।' ऐसा कहकर बुद्ध ने अपने हाथ आगे बढ़ाए।

जीवन में मिली कठिनाइयों और समाज से मिली अवहेलना की वजह से अंगुलिमाल का हृदय कठोर और स्वभाव क्रूर हो गया था। गौतम बुद्ध की करुणा और बेशर्त प्रेम देखकर अंगुलिमाल का हृदय परिवर्तित हो गया। उसने अपनी तलवार फेंक दी और वह गौतम बुद्ध के चरणों में गिर गया। उसने माफ़ी माँगते हुए गौतम बुद्ध के शरण में आने की माँग की। गौतम बुद्ध ने उसे उठाकर गले से लगाया और वापस गाँव में लेकर आए।

शुरुआत में लोगों को यक़ीन नहीं हुआ कि अंगुलिमाल बदल चुका है। परंतु धीरे-धीरे लोगों को यक़ीन होने लगा। उसके बाद गौतम बुद्ध ने अंगुलिमाल को दीक्षित किया। उसने अपने बाल काट दिए और वह भी भिक्षु बन गया। गौतम बुद्ध के साथ उसकी यात्रा जारी रही। यात्रा में कई बार ऐसे गाँव आते थे, जिस गाँव के किसी इंसान की अंगुलिमाल द्वारा पहले हत्या हुई होती थी। उस गाँव के लोग अंगुलिमाल को गालियाँ देते थे, पत्थर मारते थे। परंतु बुद्ध से ज्ञान पाकर अंगुलिमाल सत्य जान चुका था। उसके मन में क्रोध की जगह पर करुणा जाग्रत होती थी। वह सबको माफ़ करके, उनके मंगल के लिए प्रार्थना करता था। यह उसके लिए अब सहज हो गया था। इस प्रकार भगवान बुद्ध की शरण में आकर एक डाकू का भी हृदय परिवर्तन हो गया।

अध्याय 11

किस्सा गौतमी

गौतमी नाम की एक महिला का छोटी उम्र का बेटा गुज़र गया था। इस बात को वह बरदाश्त नहीं कर पा रही थी। वह पागलों की तरह अपने बेटे का शव हर एक के पास ले जाकर कहती, 'इसे ज़िंदा करो, मुझे मदद करो।' जब कोई उसकी बातों का जवाब नहीं दे पाया तब एक इंसान ने उसे गौतम बुद्ध के पास जाने की सलाह दी। वह बड़ी ख़ुश हुई। अपने बेटे की लाश लेकर वह बुद्ध के पास पहुँची। बुद्ध ने उसकी बात सुनकर तुरंत 'ना' नहीं की। बुद्ध सभी को अलग-अलग ढंग से सिखाते थे। बुद्ध ने गौतमी से कहा, 'जाओ पहले गाँव के किसी घर से सरसों के बीज लेकर आओ। फिर तुम्हारे बच्चे को ज़िंदा किया जाएगा। लेकिन याद रहे गाँव के उसी घर से बीज लेकर आना जिस घर में रहनेवालों के किसी रिश्तेदार की मौत न हुई हो।'

गौतमी बात का मर्म समझे बिना गाँव में दौड़ती गई। शाम तक हर घर पर दस्तक दी लेकिन उसे ऐसा एक भी घर नहीं मिला, जहाँ किसी की मौत न हुई हो। शाम ढलते-ढलते गौतमी को यह समझ में आने लगा कि बुद्ध उसे क्या समझाना चाहते हैं। वह बुद्ध की शरण में आई और बुद्ध के संघ में दीक्षित हुई।

गौतमी का यह किस्सा हर जगह प्रसिद्ध हुआ, इस वजह से उसका नाम 'किस्सा गौतमी' पड़ गया। सभी उसे किस्सा गौतमी करके बुलाते। बुद्ध ने किस्सा गौतमी के द्वारा सभी को मृत्यु की सच्चाई बताई।

देखा जाए तो मृत्युदर्शन की शक्ति लोगों के जीवन में आए दिन दिखाई देती है। प्राय: हर दिन किसी न किसी की मृत्यु होती रहती है। परंतु

जब ख़ुद के रिश्तेदार की मृत्यु होती है, तब आप उस घटना को कैसे देखते हैं? 'अब मुझे यह सुख नहीं मिलेगा, वह सुख नहीं मिलेगा... अब ऐसा हो सकता है, वैसा हो सकता है...', साधारणतः इंसान के मन में ऐसे अनेक विचार आते रहते हैं। यदि कोई अज्ञान में उस घटना को देखे तो निश्चित है कि दुःख ही आएगा, असल में जो समझ आनी चाहिए, वह तो आएगी ही नहीं। अगर सही ढंग से देखने की कला आ जाए तो कई लोगों के लिए मृत्युदर्शन भी कायापलट के लिए निमित्त बन सकता है। जैसे गौतमी का कायापलट हुआ। भगवान बुद्ध के मार्गदर्शन से अपने बेटे की मृत्यु उसके लिए कितनी बड़ी निमित्त बनी।

अध्याय 12

अनाथपिण्डक का दान

अनाथपिण्डक स्वभाव से ही बहुत दानी था। वह हमेशा ग़रीबों को भरपूर दान दिया करता था। इसी कारण से उसका नाम सुदत्त से अनाथपिण्डक पड़ा था। ऐसा कभी न हुआ कि उसके द्वार से कोई ख़ाली हाथ लौटा हो। एक दिन अनाथपिण्डक किसी काम से अपने बहनोई के घर गया था। वहीं पर वह भगवान बुद्ध के सान्निध्य में आ गया। बुद्ध के वचनों से वह बहुत प्रभावित हो गया और उनकी शरण में आ गया।

मानव सेवा की उत्कष्ट इच्छा ज़ाहिर करते हुए उसने भगवान बुद्ध से पूछा, 'क्या यह उचित होगा कि मैं अपनी सारी संपत्ति, अपने घर और कारोबार का त्याग कर दूँ और आध्यात्मिक जीवन का सुख प्राप्त करने के लिए बेघर हो जाऊँ।'

बुद्ध ने उसे जवाब में कहा, 'आध्यात्मिक जीवन का सुख हर उस इंसान के लिए उपलब्ध है, जिसकी धन में कोई आसक्ति नहीं है, जिसके पास धन है और वह उसका उचित उपयोग करता है। ऐसा इंसान पूरी मानवता के लिए एक वरदान है। इंसान का जीवन, ऐश्वर्य और अधिकार उसे अपना दास नहीं बनाते किंतु जीवन, ऐश्वर्य और अधिकार के प्रति इंसान की आसक्ति ही उसे अपना दास बना लेती है। इंसान चाहे जो काम करे... व्यापार करे या नौकरी करे अथवा संसार का त्याग कर ध्यान भावना में रत रहे, मगर उसे अपना काम पूरे दिल से करना चाहिए। उसे परिश्रमी और उत्साही रहना चाहिए। यदि इंसान जीवन में संघर्ष होते हुए भी अपने मन में ईर्ष्या और नफ़रत को जगह नहीं देता, संसार में रहते हुए भी स्वार्थी नहीं बनता बल्कि परमार्थभरा जीवन व्यतीत करता है तो इसमें

कोई भी संदेह नहीं कि उसका मन आनंद, शांति और सुख से भर जाएगा।' भगवान बुद्ध से उपदेश सुनकर अनाथपिण्डक को यह समझ में आया कि संसार में रहते हुए भी हम सत्य पा सकते हैं। वह उनका अनुयायी बन गया। अपनी श्रद्धा दर्शाते हुए उसने भगवान बुद्ध को अगले वर्षाकाल के लिए अपने यहाँ संघ सहित ठहरने का आमंत्रण दिया। बुद्ध ने उनका आमंत्रण स्वीकार किया।

अब अनाथपिण्डक बुद्ध के रहने की व्यवस्था में जुट गया। योग्य आवास, निवास, बगीचे की तलाश में वह कई दिनों तक भटकता रहा। अंत में उसे राजकुमार जेत का बगीचा पसंद आया। अनाथपिण्डक ने राजकुमार जेत से ज़मीन का सौदा करना चाहा लेकिन राजकुमार ने वह ज़मीन बेचने से साफ़ इन्कार कर दिया। फिर अनाथपिण्डक ने राजकुमार को मुँहमाँगी क़ीमत देने का वादा किया। राजकुमार ने सोचा कि अनाथपिण्डक को ऐसी क़ीमत बताई जाए, जो वह देना ही न चाहे। इसलिए उसने अनाथपिण्डक से कहा, 'जो ज़मीन तुम्हें चाहिए उस पर सोने के सिक्के फैला दो। जितनी ज़मीन पर सोने के सिक्के होंगे, उतनी ज़मीन तुम्हारी।'

यह सुनकर अनाथपिण्डक बहुत ख़ुश हुआ। वह गाड़ियाँ भरकर सोने के सिक्के लाने लगा। राजकुमार जेत को बहुत आश्चर्य हुआ कि यह इंसान किसके लिए यह सब कर रहा है! काफ़ी ज़मीन सिक्कों से भर जाने के बाद उसने अनाथपिण्डक को रुकने के लिए कहा और बाक़ी बची हुई ज़मीन भी उसे दे दी। आगे चलकर वह ज़मीन अनाथपिण्डक का 'जेतवनाराम' नाम से प्रसिद्ध हुई। भगवान बुद्ध ने अनेक वर्षावास यहीं पर बिताए। इस तरह अनाथपिण्डक की दानशीलता हज़ारों, लाखों लोगों के लिए सत्य प्राप्ति का कारण बनी।

खण्ड ~ 4

दुःख के पार तेजुख

भगवान बुद्ध के चार आर्य सत्य

अध्याय 13

सुख-दुःख के पार 'तेजुख'

'दुःख' शब्द में दो अक्षर हैं। पहला 'दु' और दूसरा 'ख।' आप जानते हैं कि जिस चीज़ में बुराई दिखती है, उसके नाम के पहले 'दु' लगा दिया जाता है। जैसे शासन बुरा हो तो उसे दुशासन कहते हैं। भाव अच्छे न हों तो उन्हें दुर्भाव कहते हैं। इसी तरह एक शब्द है 'दुविधा।' जब 'दुविधा' से 'दु' हटाते हैं तो बचता है 'विधा' या विदा। इस लिहाज से किसी अपने को विदा करने को दुविधा कहेंगे और अगर विदाई सुख दे तो उसे सुविधा कहेंगे क्योंकि उसमें सुख आता है। उसी तरह जब आप विकारों से विदा लेते हैं तो आपको सुविधा मिलती है। यदि वृत्तियों और मान्यताओं से विदा लेते हुए आपको अच्छा लगता है तो इसका अर्थ है कि आप आगे बढ़ रहे हैं और अगर बुरा लग रहा है यानी दुःख है।

जब आप किसी से विदा लेते हैं या अलग होते हैं तो आपको कैसा महसूस होता है? ज़्यादातर दुःख ही होता है। इस मोह को तोड़ने के लिए भगवान बुद्ध की शिक्षाओं में अलग होने को बहुत महत्त्व दिया गया है।

जब भी हम किसी से चीज़ से विदा लेते हैं तो दुःख होता है। जैसे : जब आप सुबह नींद से विदा लेते हैं तो आपको लगता है, 'काश! थोड़ा और सोने को मिलता।' टी.वी. पर कोई पसंदीदा कार्यक्रम समाप्त होने पर दुःख होता है, स्वादिष्ट खाना मिलना बंद हो जाए तो दुःख होता है। यह दुःख दरअसल दुविधा है।

हर कोई जानता है कि इंसान के जीवन में कितनी दुविधाएँ होती हैं। जैसे कोई इंसान देखता है कि उसके बाल विदा हो रहे हैं यानी झड़ रहे हैं तो उसे दुःख होता है। इंसान को उठने-बैठने, चलने-दौड़ने और भागने

में शरीर से जो सुविधा मिलती है वह उम्र बढ़ने के साथ-साथ कम होते जाती है, इससे भी दुःख आता है। इसी तरह जब कोई लड़की शादी के बाद विदा होकर ससुराल जा रही होती है तो उसके परिवार के सदस्य रो रहे होते हैं। क्योंकि विदा होने पर अपनेपन के ख़याल से दुःख आता है।

'दुःख' में 'दु' यानी बुरा और 'ख' यानी ख़याल। जो ख़याल तकलीफ़ देता है या बुरा लगता है, उसे दुःख कहते हैं और जो ख़याल अच्छा लगता है, उसे सुख कहते हैं। इसके अलावा एक और शब्द है, 'तेजुख' लेकिन यह ख़याल (शब्द) कल्पना के पार है। इस तरह की बातें जब ऐसे नए और उच्चतम शब्दों में बताई जाती हैं, तभी समझ में आती हैं।

अब सवाल उठता है कि 'तेजुख' कब होता है? इसका जवाब इस सवाल में है, 'जब दुःख भी न हो, सुख भी न हो तो क्या बचता है?' अगर आप यह पंक्ति काग़ज़ पर लिखें – **'दुःख-सुख नहीं है।'** तो इसका अर्थ है कि दुःख भी नहीं, सुख भी नहीं यानी बचा सिर्फ़ 'है।' जवाब इसी पंक्ति में छिपा हुआ है। दुःख से तो हर इंसान मुक्त होना चाहता है लेकिन सुख से कोई विदा होना नहीं चाहता क्योंकि सुख सभी को अच्छा लगता है। इसीलिए लोग दुःख-सुख के पारवाली अवस्था यानी 'तेजुख' तक पहुँच ही नहीं पाते। इसके लिए आवश्यकता है प्रशिक्षण की।

जो ख़याल आपको ख़यालों से मुक्त करता है, वही आपके काम का है। वरना तो इंसान हमेशा ख़यालों और कल्पनाओं में ही जीता है और शेखचिल्ली की तरह उसी में सुख ढूँढ़ता रहता है। जब समझ मिलती है तो इंसान के अंदर ख़यालों से मुक्ति पाने की शुभेच्छा जगती है और उसे यह विश्वास हो जाता है कि ऐसी अवस्था हमें प्राप्त हो सकती है। जब इंसान के मन में यह ख़याल आता है, 'क्या मेरे साथ यह संभव है?' तो यही ख़याल आगे प्रार्थना बनता है। भगवान बुद्ध की जीवनी देखेंगे तो पता चलेगा कि **जो ख़याल प्रार्थना बनता है, वह चमत्कार करता है।**

इस प्रार्थना से ही आपके मन में सत्यावी विचार आना शुरू होते हैं, जो आपके चारों तरफ़ ऐसा वातावरण तैयार करेंगे, जिससे आपको सत्य की ओर बढ़ने के लिए संकेत मिलने लगेंगे और आप जागने लगेंगे। बुद्ध का मार्ग जागने के लिए ही है। जो सोए रहना चाहते हैं वे बुद्ध, महावीर,

मीरा या जीज़स नहीं बन पाते। जो जाग जाते हैं, उन्हें सुख और दुःख के परे की बातें पसंद आती हैं। लेकिन सुख के साथ लगाव और उससे होनेवाली विदाई अक्सर दुविधा बन जाती है।

सुख विदा होता है क्योंकि विदा होना उसका गुणधर्म है। जैसे पानी का बहना उसका गुणधर्म है, स्वभाव है। आप उसे बदलने का प्रयास करेंगे तो वह पानी नहीं रहेगा। इसलिए सुख विदा लेगा, दुःख भी विदा लेगा और फिर कहीं से घूमकर वापस आएगा। इस प्रकार जीवन में सुख-दुःख तो आते-जाते रहेंगे लेकिन आपको इन दोनों का आनंद लेना सीखना है और इसके लिए इन दोनों के पार जाना आवश्यक है। यदि ख़याल दुःख है तो ख़याल से मुक्त होने का मार्ग भी होगा, कारण भी होगा, निवारण भी होगा और ख़याल मुक्ति की अवस्था भी होगी। इसके लिए ज़रूरत है, खोज की।

यदि आपका शरीर तैयार है तो मुक्ति का कार्य सौ गुना बढ़ जाता है। जैसे कुल्हाड़ी को धार दिए बिना उससे लकड़ी काटने के लिए इंसान को सौ गुना अधिक मेहनत करनी पड़ेगी। बिलकुल इसी तरह मनोशरीर यंत्र में मन और शरीर ऐसे यंत्र हैं, जिन्हें तैयार किए बिना यदि तप किया जाए तो वह परिणाम नहीं आएगा, जो आना चाहिए। लेकिन जब आप सत्य श्रवण, साधना करते हैं, असली बात को समझते हैं तो कुल्हाड़ी को धार मिलती है। समझ के साथ किए गए छोटे-छोटे प्रयोगों से भी बड़े परिणाम आते हैं।

शुरुआत में ध्यान में बैठने पर कभी आपका मन पैर हिलाने का करता है तो कभी हाथ हिलाने का, कभी खुजली महसूस होती है तो कभी दर्द होता है। उस समय आप मन से कह पाएँ, 'यह सब करेंगे लेकिन थोड़ी देर रुककर।' इस तरह उसे कुछ क्षण के लिए रोककर आप उसी आदत को तोड़ने का अभ्यास कर रहे होते हैं। आपसे कहा जाता है कि दुःख से झगड़ा मत करो और सुख से लगाव मत रखो। आप पूछेंगे, 'इन दोनों को छोड़ने से क्या मिलेगा?' दरअसल इससे आपको 'तेजुख' मिलेगा। आपको इसे ही समझना है। तेजुख यानी 'तेज' और 'ख।' इस 'ख' का अर्थ है, ख़ाली होना। क्योंकि ख़यालों से खाली होने के बाद जो संकल्प उठेगा, वह मुक्ति का ही होगा। फिर आप सुख और दुःख, दोनों को छोड़कर 'तेजुख' में जाना सीखेंगे।

अध्याय 14

न दुःख से झगड़ा, न सुख से लगाव

अलगाव की कला

अलगाव की कला दुःख और सुख दोनों के पार ले जाती है। इस कला को सीखते हुए दिनभर में आपको सुख-दुःख पर मनन करते हुए यह देखना है कि सुबह से लेकर रात तक कहाँ-कहाँ पर और किस-किस चीज़ के साथ आपका लगाव हो रहा है। एक बार अपने जीवन में झाँककर देखें कि किस व्यसन के साथ... किस तारीफ़ के साथ... किस इंद्रिय के साथ आपका लगाव बढ़ रहा है। जिस चीज़ से आपका लगाव बढ़ता है, वह आपको सुखद महसूस होती है और जिसके साथ लगाव महसूस नहीं होता, उससे आपको दुःख की भावना आती है।

दरअसल, इंसान का सुख के साथ लगाव इसलिए होता है क्योंकि वह अपने जीवन में हमेशा सुख ही चाहता है। दुःखद भावना उसे अच्छी नहीं लगती इसलिए वह दुःख को स्वीकार नहीं कर पाता, उससे झगड़ा करता है। मगर इंसान यह बात भूल जाता है कि सुख और दुःख मनुष्य जीवन के दो पहलू हैं। ये दोनों एक-दूसरे के बिना अधूरे हैं। दुःख की वजह से ही इंसान को सुख का महत्त्व पता चलता है। यदि आप जीवनभर सुख की चाहत में दुःख के साथ झगड़ते ही रहेंगे तो ज़्यादा दुःखी ही होंगे। इससे बेहतर यही होगा कि दुःख को ख़ुशी से स्वीकार करें तो आपका दुःख भी सुख में परिवर्तित हो जाएगा। यही समझ आपको मुक्ति की ओर ले जाएगी। कुछ उदाहरणों द्वारा इस विषय को और उसके साथ दी गई समझ को हम अधिक विस्तार से समझते हैं।

1. जब आप ख़रीदारी करने बाज़ार जाते हैं तब यदि आपको अपनी मनपसंद चीज़ नहीं मिलती तो कई दिनों तक आपके मन में उस चीज़ को पाने के विचार चलते हैं। इससे मन को दुविधा भी होती है क्योंकि आपको जो चाहिए था, वह विदा हो गया। यदि उसी समय वह चीज़ आपको मिली होती तो मन को सुविधा हो जाती और ख़ुशी भी मिलती। लेकिन ऐसी चीज़ों के पार जो अवस्था है, असल में उसी की ख़रीदारी होनी चाहिए। यह ख़रीदारी अंदर ही होती है। इसलिए ऐसे समय तेजसुख यानी तेजुख की याद आनी चाहिए। अगर ऐसा होगा तो आपके लिए सब कुछ बहुत आसान हो जाएगा।

2. हर इंसान का अपने परिवार के सदस्यों के साथ लगाव रहता है और सभी एक-दूसरे से कुछ न कुछ पाने की उम्मीद भी करते हैं। यही उम्मीद अगर पूरी न हो तो दुःख होता है और उम्मीद के पूरा होने पर कैसा सुख मिलता है, इसकी कल्पना तक इंसान छोड़ना नहीं चाहता। इंसान को यह कल्पना भी बहुत ख़ुशी देती है, 'हर कोई वही कर रहा है, जो मैं चाहता हूँ।' जब किसी चाहत से लगाव होता है और वह पूरी न हो तो पता चल जाता है कि इससे लगाव था। जैसे अगर अचानक बिजली चली जाए तो कुछ लोग कहते हैं, 'अरे-अरे ये क्या हो गया, ऐसा नहीं होना चाहिए था' वगैरह-वगैरह। इससे पता चलता है कि जब बिजली थी तो उससे लोगों का लगाव था और मन कहीं न कहीं उसे स्थायी बनाने की सोच रहा था।

किसी चीज़ को जीवनभर के लिए स्थायी बनाने की इच्छा, कुत्ते की पूँछ को नली में डालकर सीधा करने की इच्छा जैसी है, जो कभी पूरी नहीं हो सकती। इससे इंसान जीवनभर दुःख में ही जीता रहता है। लेकिन अगर उसे यह पता चल जाए, 'यह पूँछ सीधी हो या न हो, मुझे अपने अंदर ज़रूर सीधा होना है। क्योंकि सारा तेजुख वहीं है और उसी तक पहुँचने के लिए सारा ज्ञान मिल रहा है', तो दुःख समाप्त हो जाता है और इंसान तेजुख तक पहुँच जाता है।

3. जब इंसान को कोई शारीरिक तकलीफ़ या बीमारी होती है तो मन अंदर कहीं न कहीं उससे लड़ रहा होता है, 'ऐसा न हो।' अब आपको एक नया प्रयोग करके देखना है, 'अगर मेरे साथ ऐसा हो रहा है तो होता रहे।

मैं केवल साक्षी होकर जानता रहूँगा।' यह अलगाव आपको शक्ति और आत्मबल देगा। आत्मबल के लिए ही आपको ध्यान का अभ्यास करना है। हालाँकि आपको शारीरिक तकलीफ़ों या बीमारियों के लिए डॉक्टर की मदद लेना या इलाज कराना बंद नहीं करना है। लेकिन आपके अंदर जो युद्ध निरंतरता से चल रहा होता है, इस अलगाव से वह ज़रूर बंद हो जाएगा। इसीलिए यह समझ बहुत महत्त्वपूर्ण है।

4. यदि आप मांसाहार का सेवन बंद करने का निश्चय कर लेते हैं लेकिन आपकी उस स्वाद के प्रति आसक्ति कम नहीं होती। इसी को लगाव कहते हैं। आपका मन इसे कहीं न कहीं अपने भीतर पालकर बैठ गया है। इसलिए अब आपको नया अभ्यास करना होगा। जिस तरह लोग घर में जानवर पालते हैं, उसी तरह आपके पेट को मांसाहार करने की आदत पड़ गई है, इसीलिए वह उस स्वाद की माँग कर रहा है। लेकिन आपको लक्ष्य के अनुसार अपने शरीर को मंदिर बनाना है। आपको देखना होगा कि आपने स्वयं को इसके लिए कितना तैयार किया है, इस तरह की इच्छाओं के बीच आप कहाँ रह सकते हैं और आप स्वयं कौन हैं, यह आपको कितना याद आता है?

आप जिस शरीर रूपी कुल्हाड़ी को तैयार कर रहे हैं, वह बाद में बिना किसी तकलीफ़ के सौ गुना अधिक तप कर सकेगी। दरअसल, मन इन छोटे-छोटे सुखों को छोड़ना नहीं चाहता लेकिन आदत को तो पलटना ही होगा। ध्यान पर आप जितना काम करते जाएँगे, आसक्ति उतनी ही कम होती जाएगी।

5. पैसे से ख़रीदे जानेवाले सुख और अगर पैसा न मिले तो उसका दुःख, ये दोनों ही इंसान पर इकट्ठे हमला करते हैं, जो कि माया का हमला है। इसलिए इस बात को लेकर तुरंत सजग हो जाएँ कि असली व्यापार और असली कामयाबी क्या है? आपका असली व्यापार, असली सफलता और असली पृथ्वी लक्ष्य यह है कि आप इस पृथ्वी से कितना आनंद लेकर जाएँगे? वरना कई लोग ऐसे भी हैं, जिन्होंने पैसा तो बहुत कमाया लेकिन फिर भी वे हमेशा दुःखी ही रहे। यह कोई सफलता नहीं है।

जब आप पैसे के साथ सही तालमेल रखेंगे तो वह स्वतः ही आपके

पास आएगा। जब हम पैसेवाले लोगों को देखकर उनसे नफ़रत करने लगते हैं तो हमारा तालमेल बिगड़ जाता है। जब हम बार-बार इस विचार में उलझते हैं कि हमें पैसा नहीं मिला तो हम 'नहीं' की भावना में ही फँसे रहते हैं। आपको 'नहीं' की भावना से वापस 'है' की भावना में आना है। क्योंकि इस संसार में सभी के लिए सब कुछ भरपूर है इसलिए आपको जो चाहिए, वह आपके पास ज़रूर आएगा और कई गुना बढ़कर आएगा। आपका हिस्सा कोई और नहीं ले सकता क्योंकि यह कुदरत का कानून है। इस पर यक़ीन रखें। आप कुदरत को जितना समझेंगे, उतना ही प्रार्थना पर भरोसा करेंगे और उतना ही निश्चिंत रहेंगे।

6. किसी को अपनी शारीरिक बीमारी के चलते यह दुःख सताता है कि यह शरीर पृथ्वी लक्ष्य पाने में हमें सहयोग देगा या नहीं। इसे ऐसे समझें कि जैसे सिर्फ़ दो-चार डालियोंवाला पेड़ भी कभी न कभी धूप से बचने के लिए काम आ सकता है, उसी तरह शरीर कैसा भी हो, इससे कोई फ़र्क़ नहीं पड़ता क्योंकि किसी न किसी रूप में वह आपके काम ज़रूर आएगा। आपको जो मिला है, जैसा भी मिला है उसे ही वरदान बनाने की कला आपको सीखनी है। आपको अपनी कमज़ोरियों और तकलीफ़ों को भी वरदान बनाना है। अगर आप इसे वरदान बनाने में अपना ध्यान लगाएँगे तो यह पृथ्वी लक्ष्य पाने में आपका मददगार ज़रूर बनेगा।

7. किसी को ऑफ़िस में लगातार नए-नए प्रोजेक्ट पर काम करने का लगाव होता है और जब कोई प्रोजेक्ट नहीं मिलता तो उन्हें दुःख होता है। प्रोजेक्ट मिलने का सुख यानी मनमुताबिक़ काम मिलने का सुख। इसीलिए नए प्रोजेक्ट का ख़याल भी आपको ख़ुशी देता है। अब आप उस ख़याल से अंदर के ख़यालर को समझ रहे हैं। ख़यालर का अर्थ है : ख़याल करनेवाला यानी व्यक्ति। जब आप इस बात पर खोज करेंगे, 'ख़याल करनेवाला वह व्यक्ति कैसे बना?' तो पता चलेगा कि विचार आ रहे हैं और दुःख व सुख पैदा कर रहे हैं। फिर आपको समझ में आ जाएगा, 'अगर मैंने दुःख और सुख, दोनों को सही ढंग से देखना सीख लिया तो प्रोजेक्ट चलते रहेंगे और मैं आनंद लेता रहूँगा।' फिर प्रोजेक्ट मिलने या न मिलने से सुख या दुःख नहीं आएगा। बल्कि उन्हें जाननेवाले की जागृति महत्त्वपूर्ण होगी।

8. आजकल युवा पीढ़ी के लिए इंटरनेट और फ़ेसबुक एक नया सुख बन गया है। जो सामने दिख रहा है, उसमें लाइक्स और डिसलाइक्स आ रहे हैं, इसी में पूरा खेल चल रहा है और दोनों ही देखने को मिल रहे हैं। ऐसे में आपको सजग हो जाना चाहिए, 'सिर्फ़ सुख (लाइक्स) मिलने के कारण मैं यहाँ ज़रूरत से ज़्यादा समय बिता रहा हूँ।' ऐसे में स्वयं से पूछें, 'महत्त्वपूर्ण क्या है? इंटरनेट पर घंटों समय बिताने से मुझे ज़्यादा से ज़्यादा क्या मिलनेवाला है?' तब आपको इसकी व्यर्थता समझ आएगी और फिर आप इन बातों में अतिरिक्त समय देना बंद कर देंगे, जो अब तक दे रहे थे। जब आप गौतम बुद्ध जैसे महापुरुष की तरह सम्यक संकल्प लेंगे और स्वयं से कहेंगे, 'अब मैं सिर्फ़ दस या पंद्रह मिनट ही इंटरनेट पर बैठूँगा' तो उतने समय के बाद आपका उससे लगाव स्वत: ही समाप्त हो जाएगा।

9. कुछ लोगों का अपने शरीर और मन दोनों से लगाव होता है इसलिए उन्हें बार-बार ऐसा लगता है कि हम अपना पृथ्वी लक्ष्य प्राप्त कर पाएँगे या नहीं? वास्तव में ऐसी शंकाओं से निपटने के लिए ही तो सत्य श्रवण और पठन किया जाता है क्योंकि ये शंकाएँ ही आपकी दुश्मन हैं। जब आप ध्यान में बैठते हैं तो बीच में चेकर आता है, जो यह चेक करना चाहता है, 'कुछ हुआ या नहीं?' अगर नहीं हुआ तो फिर वह शंका लेकर आता है, 'हो भी पाएगा या नहीं, मेरे लिए यह संभव है या नहीं?' इससे निपटने के लिए आपको आत्मबल प्राप्त करना होगा। जिसके लिए आपको महापुरुषों की जीवनियाँ पढ़नी चाहिए। जैसे आप यह पुस्तक पढ़ रहे हैं। इससे आपको प्रेरणा मिलेगी और यह विश्वास बढ़ेगा कि अगर इतने सारे लोग यह सब कर पाए हैं तो मैं भी कर सकूँगा। आपको इसी प्रेरणा के साथ लगातार आगे बढ़ना है।

इंसान की कुछ चाहतें ऐसी होती हैं, जो अगर सांसारिक ढंग से पूरी न हों तो लोग उन्हें पूरा करने के लिए अध्यात्म के नाम पर सिद्धियों में उलझ जाते हैं और उसी को सच्चा मार्ग मान बैठते हैं। ऐसी सिद्धियाँ मन को बहुत सुख देती हैं क्योंकि अन्य लोग उन्हें बहुत बड़ी बात समझकर तारीफ़ करते हैं। लेकिन जब इंसान को सत्य श्रवण का मौक़ा मिलता है, तब उन्हें समझ में आता है कि वास्तविकता कुछ और ही है।

जो लोग सत्य श्रवण के लिए तैयार थे, भगवान बुद्ध द्वारा उनके लिए चार आर्य सत्य बताए गए। उनमें से पहला आर्य सत्य है 'दुःख है।' इसका अर्थ है, जो भी ख़याल आ रहा है, वह दुःख का निर्माण कर रहा है। भले ही उससे आपको कोई सुविधा मिल रही हो। फ़र्क़ सिर्फ़ इतना है कि कुछ दुःख तुरंत प्रकट होते हैं और कुछ बाद में। जो इस बात को होश के साथ भली-भाँति समझ लेता है, उसके अंदर शुभेच्छा जगती है कि यदि सुख भी लगाव या मोह लाता है और आख़िर में वह भी दुःख में बदल जाता है तो क्या इससे मुक्त नहीं हुआ जा सकता? इसी तरह लोगों में यह ज्ञान और परम आनंद की अवस्था प्राप्त करने की इच्छा या शुभेच्छा जगती है। तो आइए, भगवान बुद्ध द्वारा बताए गए चार आर्य सत्यों को विस्तार से समझें।

अध्याय 15

पहला आर्य सत्य - दुःख है

'आर्य सत्य' यानी न बदलनेवाला सत्य। आर्य यानी समझ व अनुभव से प्राप्त हुआ बोध। जब भगवान बुद्ध को बोध प्राप्त हुआ तब उन्होंने पहले चार आर्य सत्य का विस्तार किया।

दुःख क्या है? आज संसार में भुखमरी है, लोगों को दो वक़्त का खाना नहीं मिलता, बीमारियाँ हैं, तकलीफ़ें हैं, बच्चों, बूढ़ों, स्त्रियों पर अत्याचार हो रहा है, लोगों को रोज़गार नहीं मिलता। कुर्सी की दौड़ चल रही है, देश को कोई चला नहीं रहा है, देश ख़ुद चल रहा है। पंडित, पुरोहित नए-नए कर्मकाण्ड बना रहे हैं... सोमवार को क्या खाना चाहिए... मंगलवार को क्या करना चाहिए... इस दिन खट्टा नहीं खाना चाहिए... इस दिन बाल कटवा दिए या इस दिन काले कपड़े पहन लिए... इस दिन नमक की ख़रीदारी कर दी... इस दिन तेल मँगवाया तो बहुत बुरा होगा... बिल्ली रास्ता काटकर जाएगी तो अपशकुन हो जाएगा... इत्यादि कर्मकाण्डों, मान्यताओं में लोग फँसे हुए हैं और फिर साधु, संन्यासियों ने बताया है कि पिछले जन्मों के कर्मों की वजह से वे दुःख भोग रहे हैं। किसी को बुरा करते देखते हैं तो पंडित, पुरोहित, ज्योतिषी कहते हैं, 'इन्हें आनेवाले जन्म में इसका फल मिलेगा' और अगर आज आपके साथ कुछ बुरा हो रहा है तो वे कहते हैं, 'पिछले जन्म में तुमने कुछ बुरा कर्म किया था, जिसका फल आज तुम भोग रहे हो।'

दुःख है इसका अर्थ यह है कि दुःख आपके चारों तरफ़ फैला हुआ है। जब किसी को दुःख दिखाई देगा तो ही वह दुःख से निकलने का रास्ता ढूँढ़ेगा वरना दुःख नहीं होगा तो कोई मोक्ष का रास्ता क्यों ढूँढ़ेगा? बुद्ध ने

देखा, कुछ लोग दुःख में हैं मगर उन्हें पता नहीं है कि वे दुःख में हैं, वे असंवेदनशील, बेहोश व अज्ञानी हैं। इसलिए पहले यह तो मालूम पड़े कि हमें दुःख को दूर करने की ज़रूरत है। यदि दुःख है, यही मालूम नहीं तो किसी को उसे दूर करने का विचार भी नहीं आएगा।

बुद्ध ने कहा, 'बच्चा पैदा होते ही रोता है यानी लोग पैदा होने पर भी रोते हैं और मरते वक़्त भी रोते हैं तो क्यों रोते होंगे? क्योंकि यह दर्द मुझे हो रहा है', इसी आभास में लोग जी रहे हैं, उन्हें दुःख महसूस हो रहा है। यह पीड़ा शरीर को हो रही है, यह पता न होने की वजह से दुःख होता है। शरीर से चिपकाव होने की वजह से इंसान को शरीर का दुःख अपना दुःख लगता है।

यदि विद्यार्थी से पढ़ाई के बारे में पूछा जाए तो वह कहेगा, 'पढ़ाई करने में बहुत दुःख है।' परीक्षा के समय तो उसे सबसे ज़्यादा दुःख होता है। वह परीक्षा की चिंता में बीमार भी हो जाता है। फिर पढ़ाई पूर्ण होने के बाद उसे भविष्य की चिंता भी रहती है। नौकरी न मिलने पर उसे दुःख होता है। 'मित्र को नौकरी मिल गई, मुझे नहीं मिली', इस बात से वह परेशान होता है। मगर चिंता वहीं पर ख़त्म नहीं होती है। आगे शादी... बच्चे... उन्हें पालना है... उनकी ज़िम्मेदारियाँ हैं... फिर बुढ़ापा... ऐसा तो चलता ही रहेगा। पहले अपने चारों तरफ़ देखें क्या हो रहा है? लोगों को कितनी तरह की बीमारियाँ तथा तकलीफ़ें हैं। बुढ़ापा भी दुःखों से भरा हुआ है। इसलिए बुद्ध ने बार-बार यह याद दिलाया, 'अपने दुःख को देखें। जितने दुःख देखेंगे उतना ही उनसे बाहर निकलने की आपकी इच्छा होगी वरना कोई दुःख से बाहर निकल ही नहीं पाएगा।'

जैसे एक जेल से क़ैदी बार-बार फ़रार हो जाते थे। जब उस जेल में नया जेलर आया तब उसने सोचा, 'बार-बार इसी जेल से क़ैदी क्यों भागते हैं?' उसने इस पर थोड़ा सर्वेक्षण किया, बाक़ी बातें जानीं तो उसे पता चला कि जो भी नया क़ैदी आता है, उसे पूरा जेल दिखाया जाता है। उसे बताया जाता है, 'यह सारा इलाक़ा तुम्हारा जेल है' और फिर उसे अपने इलाक़े में बंद रखा जाता है।

जब नए जेलर ने क़ैदियों को पूर्ण जेल दिखाना बंद किया तो क़ैदियों

का भागना बंद हो गया क्योंकि अब क़ैदी को यह पता ही नहीं कि इतने बड़े जेल में क्या-क्या है? बाहर जाने के कितने दरवाज़े हैं, ख़ुफ़िया रास्ता कहाँ से है? कौन सी चीज़ किस तरफ़ रखी गई है? इसके पहले क़ैदी ने पूरा इलाक़ा देख लिया होता था तो उसके दिमाग़ में भागने का प्लान बनता था कि ऐसी-ऐसी जेल है, इतना ही तो इलाक़ा है। यदि पूरी जगह देख ली गई हो तो इंसान को पता है कितनी जगह है मगर देखी न हो तो उसे कुछ मालूम नहीं पड़ता।

इस उदाहरण से समझें कि दुःख को पूरी तरह से देख लेने के बाद उससे बाहर आना आसान होता है।

एक ज्योतिषी से किसी इंसान ने अपना भविष्य पूछा तो ज्योतिषी ने कहा, 'पाँच साल तक तुम्हें बहुत दुःख होगा। तुम्हारी ज़िंदगी में दुःख ही दुःख है।' फिर उस इंसान ने पूछा, 'अच्छा महाराज, पाँच साल के बाद क्या होगा?' ज्योतिषी ने उसे बताया, 'पाँच साल के बाद तुम्हें उसकी आदत हो जाएगी।'

इस तरह हमें दुःख की आदत ही पड़ गई है। अब दुःख का पता ही नहीं चलता तो दुःख से निकलने की चिंता ही नहीं रही, उसी में ही जी और मर रहे हैं। बुद्ध ने याद दिलाया, 'देखो, तुम्हें दुःख की आदत पड़ गई है। अपने चारों ओर देखो क्या चल रहा है? क्या सदा ऐसे दुःख में ही रहोगे?'

एक इंसान ने अपने मित्र से पूछा, 'तुम सेब खाओगे?' मित्र के 'हाँ' कहने पर उसने सेब के दो टुकड़े किए। सेब के एक टुकड़े में उसने कीड़ा देखा तो उसे थोड़ा दुःख हुआ। उसने अपने मित्र से पूछा, 'क्या सेब में कीड़ा निकलने से भी बड़ा दुःख हो सकता है?' तो मित्र ने जवाब दिया, 'हाँ, इससे भी बड़ा दुःख हो सकता था, यदि सेब का एक टुकड़ा खा लेने के बाद, कीड़े का आधा भाग तुम बचे हुए सेब में देखते।'

इस उदाहरण से समझें कि मनचाहा न होने पर, अनचाहा होने पर, आधा मन मुताबिक़, आधा मन के खिलाफ़ होने पर भी दुःख होता है। दुःख कभी कम तो कभी ज़्यादा होता है।

अध्याय 16

दूसरा आर्य सत्य - दुःख का कारण है

असल में दुःख क्या है, इसे समझाने के लिए भगवान बुद्ध ने दूसरा आर्य सत्य कहा। 'दुःख है,' यह पहले सत्य में पक्का हो गया। अब दूसरा सत्य समझें।

जब इंसान दुःख देख लेता है, तब वह दुःख से बाहर आने का रास्ता अपने आप ढूँढ़ ही लेता है। जब आपकी दुःख से बाहर आने की प्यास बढ़ जाएगी तब आपको दुःख से मुक्त होने का छिपा रास्ता दिखाई देगा।

दूसरा आर्य सत्य है - दुःख का कारण है। अब दुःख है तो कारण भी होगा। कारण क्या है? कारण ढूँढ़ें। जब बच्चे अच्छे नंबर से पास हो जाते हैं तब सभी कहते हैं, 'बच्चे अपने माता-पिता पर गए हैं।' मगर जब वे फ़ेल हो जाते हैं तब कोई ऐसा नहीं कहता इसलिए बच्चे दुःखी होते हैं। उस वक़्त सभी कहते हैं, 'ये बच्चे मूर्ख हैं।' ऐसा क्यों? बच्चों को इस बात का दुःख है।

इस तरह हर एक के दुःख का कारण अलग-अलग है। कोई यह कारण पकड़ता है, कोई वह पकड़ता है मगर हमें सही कारण पकड़ना है। सही कारण क्या है?

दुःख का कारण मालूम पड़ेगा तो ही आगे की यात्रा होगी।'दुःख का दुःख ही दुःख का कारण है', यह दूसरा आर्य सत्य भगवान बुद्ध ने बताया। इंसान को दुःख होता है पर वह इस पर दुःख करता है, 'मुझे दुःख क्यों हो रहा है?' यह सोचकर उसे दुःख स्वीकार नहीं होता। अतः वह दुःख पर दुःख मनाता है। यदि उसे गुस्सा आए तो वह इस बात पर गुस्सा होता

है, 'मुझे गुस्सा क्यों आया?' इस तरह इंसान गुस्से पर गुस्सा करता है और चिल्लाता रहता है।

किसी ने किसी का समय बरबाद किया तो उसे बड़ा पछतावा होता है। मगर उसे कहा जाएगा, 'अरे! अब पछताने में समय क्यों बरबाद कर रहे हो।' फिर भी उसे बात समझ में नहीं आती। वह आधे घंटे से पूछता रहा है तो उसका और भी समय बरबाद हो रहा है। फिर अचानक उसे याद आता है, 'अरे! मैंने पछताने में आधा घंटा और गँवा दिया, मैं कितना मूर्ख हूँ?' यह सोचकर उसका और ज़्यादा पछताने पर पछताना चल ही रहा होता है। इंसान के साथ यह कभी न ख़त्म होनेवाली कहानी चलती रहती है।

पहले यह समझें कि इंसान को दुःख का दुःख है और दुःख का दुःख इसलिए है क्योंकि वह तृष्णा, कामना, वासना और इच्छाओं में उलझा हुआ है। दुःख का दुःख क्यों होता है? क्योंकि इंसान की इच्छा पूर्ण नहीं होती है। वह सोचता है, यह इच्छा पूर्ण हो जाए तो दुःख चला जाएगा। सभी को ऐसा ही लगता है, 'यह काम हो गया तो मैं ख़ुश होऊँगा।' हर एक इंसान ऐसा सोच रहा है, 'आनेवाले भविष्य में मेरी ख़ुशी है... मुझे नौकरी मिल जाने दो तो मैं ख़ुश होऊँगा... मेरे बेटे की शादी हो जाने दो तो मैं ख़ुश हो जाऊँगा...।'

सुख और दुःख के बारे में हर एक की अलग-अलग मान्यता है और उस हिसाब से वे जी रहे हैं। इसे एक कहानी से समझें।

दो परिवार हैं - एक अमीर और दूसरा ग़रीब। दोनों परिवार के लड़के कमाने के उद्देश्य से अपनी-अपनी यात्रा पर निकल पड़ते हैं। यह उस वक़्त की घटना है, जब लोग व्यापार करने के लिए दूर-दूर की यात्रा पैदल किया करते थे। दोनों जवान लड़कों को उनके गाँव से बहुत दूर नौकरी मिली। मगर नौकरी लगने के बाद सालभर के अंदर ही ग़रीब घर के लड़के की मृत्यु हो गई।

अमीर लड़का जिस व्यापारी के यहाँ काम करता था, वहाँ उसने सुना कि कोई इंसान उसके गाँव जा रहा है तब उसने उस इंसान से कहा, 'देखो मेरे गाँव में जाकर मेरे घर में यह ख़बर देना कि मुझे नौकरी मिल गई है, मैं बहुत अच्छा कमा रहा हूँ और मेरे मित्र के घर में यह ख़बर देना कि उनके

लड़के की मृत्यु हो गई है।' मगर उस इंसान ने ठीक उलटा कह दिया। उसने ग़रीब घर के परिवारवालों को कहा, 'तुम्हारा बेटा बहुत अच्छा कमा रहा है, बहुत ख़ुश है' तथा अमीर घर में बताया, 'तुम्हारा बेटा मर गया है।'

अब दोनों लड़कों के माता-पिता बहुत दुःखी हैं। अमीर लड़के के परिवारवाले इसलिए दुःखी हैं क्योंकि उनका बेटा मर चुका है। उनकी पूरी ज़िंदगी दुःखमय हो गई। हालाँकि उनका बेटा ज़िंदा है मगर उन्हें दुःख है। यदि कोई उन्हें कहे, 'तुम जो दुःख मना रहे हो, वह झूठा दुःख है क्योंकि तुम्हारा बेटा ज़िंदा है' तो वे मानेंगे नहीं। उन्हें तो झूठा दुःख ही सच लग रहा है।

ग़रीब परिवार के माता-पिता यह सोचकर दुःख मना रहे हैं, 'हमारा बेटा तो यह कहकर गया था कि कमाऊँगा तो आपके लिए पैसे भेजता रहूँगा। हम यहाँ पर इतनी ग़रीबी में दिन काट रहे हैं और वह मज़े से है। इतने पैसे कमाकर भी हमारे लिए कुछ नहीं भेज रहा है। उसे तो हमारी कोई फ़िक्र ही नहीं है।' हालाँकि उनका बेटा मर चुका था मगर वे भी यह सोचकर झूठा दुःख मना रहे हैं, 'हमारा बेटा निकम्मा निकला, पैसे ही नहीं भेजता।'

अब जो ज़िंदा है, वह अमीर घर का लड़का है। उसने अपने घर पैसे नहीं भेजे तो भी उसके परिवारवालों को कोई फ़र्क़ नहीं पड़ता। मगर अमीर परिवार के लोग इसलिए दुःखी हैं क्योंकि उनका बेटा मर गया है।

आप जानते हैं कि दोनों को ग़लत ख़बर मिली है। वे ग़लत मान्यता में उसी दुःख में उम्रभर जिए और उसी मान्यता में मरे। मगर आपको हक़ीक़त पता है क्योंकि आपको यह कहानी पूरी बताई गई है। पूरा ज्ञान जब मिलता है तब दुःख से छुटकारा होता है। दुःख का कारण क्या है? दुःख का कारण है : अज्ञान, मान्यताएँ, बेहोशी और तृष्णा यानी इच्छाएँ।

अध्याय 17

तीसरा आर्य सत्य - दुःख का निवारण है

आर्य सत्य केवल दो होते तो किसी काम के नहीं होते। आधा सत्य पूरे झूठ से ज़्यादा ख़तरनाक होता है। दुःख है यह सत्य की शुरुआत है। दुःख का कारण है, यहाँ तक आधा सत्य है। दुःख का निवारण है, यह सत्य पूर्णता की ओर ले जाता है। यह शुभ समाचार है कि बीमारी है तो उसका इलाज भी है। तीसरा आर्य सत्य कहता है, 'दुःख का कारण नष्ट होते ही दुःख का निवारण होता है।' दुःख का कारण तृष्णा है तो दुःख का निवारण तृष्णा से मुक्त होना है।

तीन तरह की तृष्णाएँ, इच्छाएँ, चाहतें होती हैं:

1. स्थूल यानी मोटी तृष्णा : गाड़ी, बंगला, पद, प्रतिष्ठा, नाम, शोहरत इत्यादि मिले।
2. सूक्ष्म यानी छोटी तृष्णा : सुख-सुविधा, सुरक्षा, श्रेय मिले तथा दुःख, दुविधा, असुरक्षा, इल्ज़ाम न मिले।
3. अति सूक्ष्म यानी महीन,पतली तृष्णा : सुखद संवेदनाएँ मिलें, दुःखद संवेदना न मिले। जवानी सदा क़ायम रहे, बीमारी न आए, काम आसानी से हो जाए, काम में रुकावट न आए, लाइट बंद न हो इत्यादि।

इस तरह की इच्छाएँ घटना होने के बाद ही पता चलती हैं। उदाहरण के लिए इस वक़्त आपके मन में लाइट बंद न होने की इच्छा है या नहीं है,

यह आपको तब पता चलेगा जब लाइट बंद हो जाएगी। लाइट बंद होते ही यदि आपको बुरा लगे, मन में चिड़चिड़ाहट हो या आप बिजली विभाग को गालियाँ देने लगें तब समझें कि आपके मन में लाइट बंद न होने की इच्छा थी। इस तरह अति सूक्ष्म इच्छाएँ पकड़ने के लिए बुद्धि का सम्यक उपयोग होना चाहिए।

इन तृष्णाओं में जीते-जीते इंसान तृष्णाओं का आदी हो जाता है। फिर बिना इच्छा के वह बैठ ही नहीं पाता है। उसके मन में प्रति पल नित नई तृष्णा जगती रहती है। हर चाहत के पूरा होते ही अहंकार जागता है क्योंकि अहंकार काम पूरा होने का श्रेय ख़ुद लेता है। उसके अंदर 'मैंने किया', 'मैं श्रेष्ठ हूँ' का भाव जगता है। अहंकार का यह भाव भविष्य में दुःख ही लाता है। एक चाहत पूरी होते ही आसक्ति व नई चाहत जाग्रत होती है। बिना नई चाहत के मन उकताहट महसूस करता है। इच्छाएँ आते ही मन उत्तेजना महसूस करता है। उत्तेजना का आदी होकर मन कल्पनाओं में कलाबाज़ियाँ लगाता है। मन चंचल होता जाता है। चंचल मन ही दुःख का मूल कारण है। चाहत पूरी न होने पर निराशा, व्याकुलता, हीन भावना, नफ़रत की भावना जाग्रत होती है। इस तरह चाहत पूरी होने पर भी दुःख होता है और चाहत पूरी न होने पर भी दुःख हाथ लगता है।

दुःख का निवारण तब होगा जब हम चाहत की चाहत करना बंद कर देंगे। 'चाहत की चाहत' यह आदत तोड़ देंगे। यह आदत मिटते ही हमें पता चलेगा कि इच्छा तब तक दुःख नहीं देती, जब तक हम उससे आसक्त नहीं होते। इच्छा से अलगाव होते ही 'इच्छा' से मिलनेवाला दुःख समाप्त होता है। दुःख का निवारण तब होगा जब हम हर तरह की इच्छाओं को जगते हुए देख पाएँगे। दुःख का निवारण तब होगा जब हम इच्छाओं के साथ होनेवाले चिपकाव को देख पाएँगे। दुःख का निवारण तब होगा जब हम इच्छाओं की इच्छा से मुक्त हो जाएँगे। दुःख का निवारण तब होगा जब हम शुभ इच्छा यानी सभी इच्छाओं से मुक्त होने की इच्छा प्राप्त करेंगे।

अध्याय 18

चौथा आर्य सत्य - दुःख मुक्ति की अवस्था है

क्या इच्छाओं से मुक्त होना, इच्छाओं से हुई आसक्ति तोड़ पाना संभव है? यदि यह संभव नहीं है तो पहले तीन आर्य सत्य किसी काम के नहीं हैं। एक अवस्था ऐसी भी है, जहाँ इंसान आज़ादी का आनंद ले सकता है। यह चौथी अवस्था है। चेतना की चार अवस्थाएँ होती हैं - जाग्रत अवस्था, नींद की अवस्था, स्वप्न की अवस्था और समाधि की अवस्था। चौथा आर्य सत्य समाधि की अवस्था को बयान करता है। यदि यह अवस्था है तो ही हम उस अवस्था को प्राप्त करने के लिए तेज़ क़दम उठाएँगे।

चौथा आर्य सत्य है, 'मान्यताओं से मुक्त होना संभव है', ऐसी अवस्था है। इसे इस तरह समझें कि बीमारी है, बीमारी का कारण है, इलाज है और स्वास्थ्य की अवस्था है। बीमारी दूर हो गई तो इंसान स्वस्थ होता है। 'स्वस्थ' होना चौथा आर्य सत्य है।

इसी तरह दुःख है, दुःख का कारण है, दुःख का निवारण है और दुःख मुक्ति की अवस्था है। निवारण है यानी रास्ता है, उससे छूटने का रास्ता भी है कि कैसे दुःख का दुःख बंद हो? कैसे तृष्णाओं से मुक्त हों? कैसे मान्यताओं से छुटकारा हो?

तेज* सत्य यह है कि सुख है, तेज आनंद है, जो हमारे ही अंदर है। आनंद है, आनंद का कारण है और कारण आप खुद हैं। आपका होना ही

*तेज यानी दो से परे

आनंद का कारण है। आज तक आपको शायद ही कोई ऐसा इंसान मिला होगा, जो कहे, 'मैं अपने होने की वजह से ख़ुश हूँ, ख़ुश होने के लिए मुझे और किसी कारण की ज़रूरत ही नहीं है। ख़ुश होने के लिए मेरा होना ही काफ़ी है।' यह समझें कि 'मेरा होना' यानी कौन सा होना? असल में जो आप हैं, उसका होना (बीइंगनेस)। हक़ीक़त में जो आप हैं, वह होना।

'ख़ुश होने के लिए मेरा होना ही काफ़ी है। मेरी ख़ुशी भविष्य में नहीं है कि ऐसा-ऐसा होगा तो ही मैं ख़ुश होऊँगा। ख़ुश तो मैं अभी भी हूँ और भविष्य में भी रहूँगा क्योंकि भविष्य में ख़ुश न रहने का कारण ही नहीं है। आनंद है तो आनंद का कारण है, मेरा होना।' इस दृढ़ता से कहनेवाले बहुत कम लोग आपको मिलेंगे।

मोक्ष की अवस्था, निर्वाण की अवस्था, कैवल्य अवस्था - चौथी अवस्था है। इस अवस्था में इंसान पूरे ब्रह्माण्ड का रहस्य बुद्धि से नहीं बल्कि अनुभव से जाना जाता है। ब्रह्माण्ड का रहस्य यानी यह नहीं कि वह आपको सूरज और चाँद के बीच की दूरी बता पाएगा, धरती का वज़न या भविष्य में वैज्ञानिकों के आविष्कार, रॉकेटों में लगनेवाले यंत्र बता पाएगा। ब्रह्माण्ड का रहस्य यानी वह यह जान जाएगा कि सारे कार्य किस तरह, किस शक्ति से चलते हैं। कैसे तोलू मन ख़ुद को अहंकार की वजह से श्रेष्ठ मानकर श्रेय लेता है। कैसे दुःख निर्माण होता है, कैसे शरीर से चिपकाव होता है, कैसे मान्यताएँ जगती हैं, कैसे शरीर में संस्कार कार्य करते हैं, कैसे हर कर्म फलित होता है, कैसे बंधन बँधते हैं, कैसे बंधन खुल सकते हैं।

खण्ड ~ 5

भगवान बुद्ध का अष्टांगिक मार्ग

अध्याय 19

ज्ञान का प्रसार

भगवान बुद्ध ने ज्ञान का प्रसार करते हुए कई चीज़ों के बारे में बताया। जिसमें पहली थी, 'सर्वव्यापी सत्य।' यह सत्य हर किसी पर लागू होता है, चाहे व्यक्ति अमेरिका में रहता हो, ऑस्ट्रेलिया में या फिर भारत में। क्योंकि सभी का मन एक ही है इसलिए भगवान बुद्ध ने सर्वव्यापी सत्य का प्रसार किया।

दूसरी चीज़ थी 'विवेक बुद्धि' यानी प्रज्ञा। असल में उस वक़्त अधिकतर लोग कर्मकाण्डों में उलझे रहते थे इसलिए बुद्ध ने विवेक बुद्धि का प्रसार किया। उन्होंने कहा, 'इंसान को अपनी विवेक बुद्धि से हर चीज़ को जाँचना और परखना चाहिए कि क्या इससे मेरे दुःख समाप्त होंगे? क्या यह ऐसा सत्य है, जो मुझे आज़ाद करेगा? क्या ये कर्मकाण्ड करने से सचमुच कोई स्वर्ग में पहुँचता है? वास्तव में एक समय के बाद लोग अक्सर कर्मकाण्ड को ही अध्यात्म मान लेते हैं इसलिए बुद्ध ने लोगों को विवेक बुद्धि का महत्त्व समझाया और हर चीज़ को जाँच-परखकर पारखी बनने के लिए कहा। क्योंकि अगर इंसान मनन और जाँच-परख ही नहीं करेगा तो कैसे जानेगा कि कौन सी चीज़ काम की है और कौन सी बेकार। इसीलिए लोगों में विवेक बुद्धि जगाना आवश्यक है।

बुद्ध ने जिस तीसरी बात का प्रसार किया, वह थी – 'सम्यक समाधि संघ।' बुद्ध की सारी शिक्षाओं में 'सम्यक' शब्द का काफ़ी उपयोग हुआ है। जबकि समाधि में पहुँचकर लोगों का मन एकाग्र हो जाता है। जैसे : जब आप तीन घंटे की फ़िल्म देखते हैं तो आपको पता ही नहीं चलता कि तीन घंटे कैसे बीत गए क्योंकि आप फ़िल्म में खो जाते हैं। जैसे : जब

कोई बिल्ली चूहे के बिल के सामने बैठी होती है तो उसके लिए उस चूहे से ज़्यादा महत्त्वपूर्ण कुछ नहीं होता। चूँकि उसे चूहे का शिकार करना है इसलिए उसका मन बिल के मुँह पर पूरी एकाग्रता से लगा रहता है। एक तरह से यह समाधि की अवस्था है लेकिन यह सम्यक समाधि नहीं है क्योंकि सम्यक समाधि में कोई लालच या डर नहीं होता। जब कोई ऐसी चीज़ समाधि में काम आती है, जिसके साथ कोई लगाव न हो और न ही कोई झगड़ा हो तो वह 'सम्यक समाधि' है।

सम्यक समाधि संघ

'सम्यक समाधि संघ' में संघ का अर्थ है, ऐसे लोगों का समूह जो समाधि का अभ्यास करते हैं। इसलिए यह बहुत महत्त्वपूर्ण है कि हम कैसे संघ में रहते हैं। असल में संघ सिर्फ़ वही है, जो शिक्षाओं के साथ जुड़ा हुआ है। वरना कुछ लोग जिसे संघ कहकर शुरू करते हैं, बाद में वह क्लब बन जाता है। क्लब यानी जहाँ किसी को शिक्षाओं से कोई मतलब न हो बल्कि सिर्फ़ मिलना-जुलना और खाना-पीना महत्त्वपूर्ण हो। ऐसे समूह को संघ मानने की ग़लती न करें। सम्यक समाधि संघ का जो प्रसार हुआ, उसे आपको अलग तरीक़े से देखना होगा। इसके लिए सर्वव्यापी सत्य या Universal Truth का U लें, विवेक बुद्धि का V और सम्यक समाधि संघ का S लें यानी UVS, जिसका अर्थ है, उच्चतम विकसित समाज। यानी उन्होंने उच्चतम विकसित समाज का प्रसार किया।

आप आदि शंकराचार्य के बारे में जानते होंगे, उन्होंने वेदों, शास्त्रों और उपनिषदों को उस समय के हिसाब से सही भाषा में ढालकर उनका प्रसार किया था। क्योंकि लोग उस समय वेदों, शास्त्रों और उपनिषदों को भूलते जा रहे थे। आपको भी उपनिषदों का U लेना है, वेदों का V और शास्त्रों का S लेना है, इस तरह आप यू.वी.एस. ले पाएँगे। चूँकि वहाँ रहनेवालों को ये बातें मालूम हैं इसलिए उसे यू.वी.एस. या उच्चतम विकसित समाज कहा गया। वहाँ लोगों को सर्वव्यापी सत्य मालूम है, उनके पास विवेक बुद्धि है और वहाँ सम्यक समाधि संघ भी है।

जैसे कुछ अमीर लोग मज़े करने के लिए मिलकर एक समूह या सोसायटी बना लेते हैं, जहाँ स्विमिंग पूल व अन्य सुविधाएँ होती हैं, उसी

तरह उच्चतम विकसित समाज है। जहाँ पर सबसे ज़्यादा मूल्य शिक्षाओं का और पृथ्वी पर ही पृथ्वी लक्ष्य पाने का है। इस समाज में अगर किसी एक के लिए यह लक्ष्य पाना मुश्किल हो जाए तो मिल-जुलकर इसे आसान बना लिया जाता है।

माया से लगाव टूटे

बुद्ध द्वारा सर्वव्यापी सत्य, विवेक बुद्धि और सम्यक समाधि संघ का प्रसार हुआ, उन्होंने बताया, 'अगर तुम माया में उलझ जाओगे तो तुम्हारा नुक़सान होगा इसलिए माया के पीछे मत जाओ।' क्योंकि माया से लगाव होता है। यह लगाव बहुत सूक्ष्म है इसलिए इंसान को पता ही नहीं चलता कि यह कब हुआ। जैसे : जब आप किसी ए.सी. कमरे में जाते हैं तो बहुत अच्छा लगता है लेकिन जब आप उससे बाहर आते हैं तो अंदर से एक अवरोध आता है और अच्छा महसूस नहीं होता। इसी तरह कुछ लोगों के लिए सुबह नींद से उठना बहुत मुश्किल होता है क्योंकि रातभर शरीर के सारे अंग ए.सी. में होते हैं यानी आराम कर रहे होते हैं। इंसान का शरीर दिनभर लंबवत (खड़ी) अवस्था में रहता है और उसे सिर्फ़ रात को ही बिस्तर पर क्षैतिज (लेटी हुई) मुद्रा में आने का मौक़ा मिलता है। जबकि सारे जानवरों का शरीर क्षैतिज अवस्था में होता है इसीलिए उनके लिए सुबह उठना तकलीफ़देह नहीं होता। सिर्फ़ इंसान का शरीर ही लंबवत मुद्रा में होता है। इसीलिए अगर क़द लंबा न हो तो इंसान परेशान हो जाता है क्योंकि सभी चाहते हैं कि वे और लंबे हो, और ऊँचे हो। समाज की पूरी व्यवस्था ही ऐसी है।

अगर कोई सुबह-सुबह आपसे कहे, 'कोई बात नहीं, दो-चार घंटे और बिस्तर में पड़े रहो' तो आपको बहुत अच्छा लगता है। रोज़ रात को सात-आठ घंटे सोकर इंसान क्षैतिज अवस्था से लगाव का अभ्यास कर रहा होता है इसलिए उसे बिस्तर छोड़ना बुरा लगता है। लेकिन इसका अर्थ यह नहीं है कि आप सोना ही छोड़ दें। लेकिन अगर आपको इस बात का ज्ञान होगा तो आप आसानी से बिस्तर से विदा लेंगे और इस सुविधा में अटककर इससे कोई लगाव रखने के बजाय इसका आनंद लेंगे। ऐसी बातों को भी साक्षी भाव से (Mindfulness), पुनः साक्षी होकर

(Remindfulness) और खेल-खेल (Playfulness) में देखना सीखना है। सुबह उठते ही आपको हर घटना को इसी तरह से देखना आना चाहिए। ऐसा करने से आप स्वयं समझ जाएँगे कि सुख से लगाव या दुःख से झगड़ा क्यों होता है। दिनभर में आपको ऐसी कई सुखद बातें दिखाई देंगी, जिनसे मन का लगाव होता है और उसके साथ दुःखद घटनाएँ भी होंगी, जिनसे मन का झगड़ा होता है। दोनों को बुद्ध बोध से देखें।

अध्याय 20

बुद्ध बोध पहला उपाय - सम्यक दृष्टि

भगवान बुद्ध ने अपनी यात्रा के दौरान चार आर्य सत्यों के साथ आर्य अष्टांगिक मार्ग का प्रचार किया। इस अष्टांगिक मार्ग के आठ अंग हैं - 1. सम्यक दृष्टि 2. सम्यक संकल्प 3. सम्यक वाणी 4. सम्यक कर्मांत 5. सम्यक आजीविका 6. सम्यक व्यायाम 7. सम्यक स्मृति और 8. सम्यक समाधि।

इन आठ अंगों को तीन तरह के लोगों में बाँटा जाए तो तीन मुख्य उपाय बनेंगे। तीन तरह के लोगों में पहले वे लोग होते हैं, जो बारूद पर बैठे होते हैं। सत्य की हल्की चिंगारी उनमें अनुभव प्रकट कर देती है। ऐसे लोग ज्ञान प्राप्त करने के लिए पूर्ण रूप से पात्र बन चुके हैं। ऐसे लोग सत्य का इशारा पाकर बोध प्राप्त कर सकते हैं।

दूसरे तरह के लोग सूखी लकड़ी की तरह होते हैं। थोड़ी मेहनत के बाद उनमें सत्य की आग जलती है। कुछ विधियों द्वारा यह प्यास बढ़ाई जा सकती है। ऐसे लोगों के लिए कुछ कर्म, प्रयत्न और विधि आवश्यक होते हैं।

तीसरे तरह के लोग गीली लकड़ी की तरह होते हैं। वे संसार में उलझे हुए हैं और कुछ राहत चाहते हैं। ऐसे लोगों के लिए शील सदाचार का उपाय उपयुक्त है।

पहला उपाय : समझ के द्वारा (Understanding)

भगवान बुद्ध ने पहला उपाय बताया – अण्डरस्टैण्डिंग का, समझ का, प्रज्ञा का, सम्यक दृष्टि का। जिन लोगों में सत्य सुनकर ज्ञान प्राप्त करने की संभावना थी, उन्हें सीधे सत्य बताया गया। मगर जो सुनकर जान नहीं पाए, उनके लिए अलग-अलग विधियाँ बताई गईं। पहला तरीक़ा उन्होंने बताया, सत्य श्रवण से सम्यक दृष्टि प्राप्त करना। सत्य श्रवण से उन लोगों को आत्मसाक्षात्कार प्राप्त हुआ, जिनकी सुनने की तैयारी थी। भगवान बुद्ध ने इस उपाय का उपयोग कई लोगों के साथ किया, जिनमें उनके वे पाँच मित्र भी थे, जो उन्हें सत्य की खोज की यात्रा में आधे में छोड़कर चले गए थे। कोण्डन्य ने अपना व्यवसाय, घर और राज्य इसलिए छोड़ा था ताकि वे बुद्ध से श्रवण द्वारा सीधा सत्य प्राप्त करने की पात्रता तैयार कर सकें। भगवान बुद्ध की ज्ञान वाणी सुनते ही वे मुक्त हुए। बुद्धि और सम्यक विचारों का सही इस्तेमाल होने पर समझ प्राप्त होती है। बिना समझ के साधारण बातों का लाभ भी हम ठीक तरह से नहीं ले पाते, सदा उलझे रहते हैं।

उदाहरण के लिए एक बूढ़ी औरत के घुटने में दर्द होता था। एक दिन वह डॉक्टर के पास गई। उसने डॉक्टर से कहा, 'मेरे घुटने में तकलीफ़ है, हरदम दर्द रहता है।' डॉक्टर ने उसे दवाई दी तो बुढ़िया ने दर्द का कारण पूछा। डॉक्टर ने बताया, 'यह दर्द बुढ़ापे की वजह से है।' इस पर बुढ़िया ने सवाल किया, 'मेरे दोनों घुटनों की उम्र एक समान ही है तो फिर एक ही घुटने में दर्द क्यों रहता है?' इससे समझें कि डॉक्टर जो बता रहे थे, बुढ़िया वह समझ नहीं पा रही थी।

इसलिए यह समझना ज़रूरी है कि जो बताया जा रहा है क्या वही समझा जा रहा है? अगर वही समझा जा रहा है तो सत्य तुरंत आपको बदल देगा। सत्य सुनने के साथ ही यह हो सकता है और सम्यक विचार रखने के लिए इसलिए कहा गया है क्योंकि हमारे विचारों के अनुरूप ही जीवन में घटनाएँ होती हैं। विचार हमारा आईना है।

उदाहरण : एक वकील ने कटघरे में खड़े अपराधी से कहा, 'तुम्हारी शक्ल में मुझे शैतान दिखाई दे रहा है।' चूँकि वकील अपना केस जीतने के

लिए कुछ भी कह सकता है इसलिए उसने ऐसा कहा। इस पर अपराधी ने कहा, 'आज मुझे पहली बार मालूम पड़ा कि मेरा चेहरा आईने का काम करता है।'

हम जिस तरह के विचार रखते हैं, लोग हमें उसी तरह दिखाई देते हैं। अपनी मान्यताओं के चश्मे से ही हम लोगों को देखते हैं। लोग जो प्रतिसाद देते हैं, उनके पीछे वही कारण होगा (जो हमें लगता है), ऐसा हम मान लेते हैं। ऐसे अनुमान हमें सत्य से दूर ले जाते हैं।

सत्य सुनने के साथ ही जाना जा सकता है। जब कोई पहली बार यह बात सुनता है तब उसे यक़ीन नहीं आता। लोग सोचते हैं कि सत्य सुनने से जाना जा सकता है तो क्यों न फ़ोन पर ही सुना जाए। जिस तरह बंदूक की गोली का असर तभी होता है, जब वह बंदूक से निकलती है, अगर उसे हाथ से मारा जाए तो वह बेअसर हो जाती है, उसी तरह सत्य का असर तभी होता है जब वह सत्संग में सुना जाए, न कि फ़ोन पर। सत्य श्रवण से ही अहंकार का कर्ता भाव मरता है।

सत्य सुनकर भी उसका असर न हो तो कोई लाभ नहीं है इसलिए पूर्व तैयारी करवाई जाती है, जिससे सुननेवाला सही सुनने को तैयार हो जाता है। सत्य जानने के साथ 'झूठे मैं' की मौत होती है। सत्य जानने में जो भी बाधाएँ हैं जैसे - ग़लत धारणाएँ, ग़लत मान्यताएँ, उन्हें हटाने की ज़रूरत है। उन मान्यताओं के हटते ही सत्य प्रकाश में आने लगता है।

मान्यताओं का दर्शन करके, उनसे मुक्ति, बोध प्राप्त करके सहज ही हो सकती है। इस बोध का दूसरा उपाय अगले अध्याय में पढ़ें।

अध्याय 21

बुद्ध बोध दूसरा उपाय – संकल्प, कर्म, स्मृति, समाधि

जो लोग सीधे श्रवण से नहीं समझते, उन्हें कोई विधि दी जाती है। विधि के द्वारा सम्यक अभ्यास करवाया जाता है। विश्व के अधिकतर लोग दूसरे उपाय का लाभ लेते हैं।

दूसरे उपाय के अंतर्गत पहला शब्द है

सम्यक संकल्प

भगवान बुद्ध ने छः साल तक जंगलों में तपस्या की और अचानक एक दिन संकल्प किया, 'जब तक मुझे ज्ञान नहीं मिल जाता तब तक मैं इस वृक्ष (बोधि वृक्ष) के नीचे अपने शरीर में लगे आसन से नहीं उठूँगा, ऐसे ही बैठे रहूँगा।' सुबह होते ही उन्हें पूर्ण ज्ञान प्राप्त हुआ, चूँकि उनकी पूर्व तैयारी हो चुकी थी। उन्होंने संकल्प द्वारा इच्छित फल प्राप्त किया। इससे समझें कि क्या आप भी इस तरह संकल्प यानी इंटेन्शन लेते हैं? पक्का इरादा करते हैं? संकल्प करते ही कितना बड़ा फ़र्क़ पड़ता है, इसे एक उदाहरण से समझें।

कुछ बूढ़े लोगों को यह बीमारी थी कि वे जल्दी-जल्दी नहीं चल पाते थे। छोटे-छोटे क़दम ही लेते थे। उन पर डॉक्टर द्वारा एक प्रयोग किया गया। उस प्रयोग में उन मरीज़ों के आगे एक रेखा (लाइन) खींच दी गई और उन्हें अगला क़दम रेखा के उस पार डालने के लिए कहा गया। परिणाम स्वरूप जो लोग कहते थे कि वे बड़ा क़दम नहीं उठा सकते, उन

लोगों ने यह काम कर दिखाया। उन्हें सिर्फ़ एक संकल्प, एक लक्ष्य दिया गया था कि रेखा के उस तरफ़ जाना है। उन्होंने क़दम उठाया और वे यह कर पाए। क्या कारण हो सकता है कि वे यह सब कर पाए? उनके मन में एक भाव आया कि रेखा के उस तरफ़ क़दम बढ़ाना ही है। एक छोटा लक्ष्य निर्धारित किया गया। अगर मन में दृढ़ निश्चय किया तो वही निर्णय यानी भाव फल लाता है। विचार ही शरीर की कोशिकाओं में शक्ति भर देता है। बीमार इंसान अगर यही पंक्ति दोहराता रहे, 'मुझे ठीक होना है, मुझे ठीक होना है' तो इस प्रकार के विचार ही उसमें शक्ति भरते हैं।

हमारा शरीर बीमार होता जा रहा है तो इसका कारण क्या हो सकता है? क्योंकि हमारे सामने लक्ष्य ही नहीं है। हमारे समाज में यह मान्यता है कि साठ साल की उम्र हो गई यानी बुढ़ापा आ गया, अब बहुत जी लिया। इसके बाद लोगों को अलग-अलग तरह की बीमारियाँ लग जाती हैं। मगर वे ही लोग एक ऐसे समाज में रहें, जहाँ साठ साल की उम्र को ज़्यादा नहीं माना जाता, जहाँ सभी सकारात्मक विचारों के लोग हैं। जो अपनी लक्ष्य पूर्ति के लिए निरंतर कार्यशील हैं, तब दृश्य कैसा होगा? इरादा (इंटेन्शन, संकल्प) बदल गया तो शरीर के अंदर नई स्फूर्ति आ जाती है। अगर इंसान चाहे तो अपने इरादे बदलकर अपनी उम्र बढ़ा सकता है। अगर लक्ष्य, सत्य पाने का है तो सत्य जीवन में आएगा ही। जब बुद्ध ने यह इरादा किया तो उन्हें अंतिम सत्य मिला।

दूसरे उपाय के अंतर्गत दूसरा शब्द है
सम्यक कर्मांत, प्रयास

बुद्ध ने बताया कि प्रयत्न किए बिना सफलता नहीं मिलती। इसे एक उदाहरण से समझें।

एक इंसान नौकरी पाने के लिए इंटरव्यू देने गया। वहाँ उसने बॉस से पूछा, 'मुझे कितनी तनख़्वाह मिलेगी?' उसे बताया गया कि फिलहाल आपको एक हज़ार रुपये तनख़्वाह मिलेगी मगर दस महीने के बाद दो हज़ार कर दी जाएगी। तब उस इंसान ने कहा, 'फिर मैं दस महीने के बाद ही आता हूँ।'

वह इंसान सोचता है कि प्रयास किए बिना ही ज़्यादा तनख़्वाह मिल जाए लेकिन बिना प्रयास के सफलता नहीं मिलती, नौकरी नहीं मिलती, तनख़्वाह नहीं बढ़ती।

दूसरे उपाय के अंतर्गत तीसरा शब्द है

सम्यक स्मृति

स्मृति का अर्थ है जागृति। अपने विचारों को देख पाना, अपने शरीर को बैठे, लेटते, चलते, बातें करते देख पाना सम्यक स्मृति का हिस्सा है। यदि कोई पुरुष स्टेज पर नाटक कर रहा है, उसमें वह स्त्री का रोल कर रहा है तो क्या वह यह भूल जाता है कि वह पुरुष है? स्त्री का रोल करते हुए भी उसे लगातार याद रहता है कि वह पुरुष है। उसी तरह आप कौन हैं? जब आप यह जान जाते हैं तब उस स्मृति को बनाए रख पाते हैं। हनुमानजी को भी किसी ने याद दिलाया था, 'अरे! तुम एक छलाँग में समुद्र पार कर सकते हो' तो वे कर पाए।

दूसरे उपाय के अंतर्गत चौथा शब्द है

समाधि (मन का स्नान)

समाधि का अर्थ है अपने अंदर डुबकी लगाना, अपने अंदर जाना, मन का स्नान करना। हर इंसान का स्नान करने का समय और स्थान निश्चित होता है। उसी तरह मन के स्नान का भी समय और स्थान निश्चित होना चाहिए ताकि आप उसके लिए तैयार हो सकें। मन का स्नान करना यानी मन को निर्मल (बिना मैल) करना और यह जानना कि हमारा मन किस तरह काम करता है। हम अपने मन को देख पाएँ, उसे समझ पाएँ। मन का स्नान करने पर अमन, दृढ़ता और शांति बढ़ती है।

बाहर की दुनिया में जब हम जाते हैं तो देखते हैं कि कोई जज की ड्रेस में है तो कोई वकील की ड्रेस में, कोई इंस्पैक्टर की ड्रेस में है तो कोई बिजनेसमैन की, कोई विद्यार्थी की ड्रेस में है तो कोई हाउस वाइफ़ की ड्रेस में है तो असली इंसान ('मैं') कौन? इंसान बॉस के सामने अलग व्यवहार करता है। नौकर के सामने अलग व्यवहार करता है, माँ के सामने अलग

है, दोस्तों के सामने अलग है, टीचर के सामने अलग है। इस प्रकार वह हर एक के सामने नया चेहरा लेकर जाता है। तब उसे असली चेहरा कब मालूम पड़ेगा? मन के स्नान से हमें अपना असली चेहरा मालूम पड़ता है।

समाधि से एकाग्रता बढ़ती है, सम्यक समाधि से प्रज्ञा जगती है। समाधि के अभ्यास में पाँच दुश्मनों से सावधान रहना चाहिए।

1. शंका के विचार - अपने आप पर शंका, गुरु पर शंका या साधना - विधि पर शंका।
2. तमोगुण, सुस्ती - आलस्य की वजह से साधक समाधि से कतराता है।
3. काम-वासना के विचार - मन में उठनेवाले भोग विलास के विचार साधक को समाधि से दूर ले जाते हैं।
4. निराशा के विचार - साधना में असफल होने के विचार।
5. नफ़रत के विचार - किसी से दुश्मनी हो जाने पर उसकी याद आने पर उससे बदला लेने की भावना जगना।

सम्यक समाधि से सभी दुश्मनों से मुक्ति मिलती है। मन निर्मल हो जाता है। सहनशीलता, कार्यक्षमता, एकाग्रता, स्वास्थ्य तथा कर्मों की भावना बढ़ जाती है।

अध्याय 22

बुद्ध बोध तीसरा उपाय – वाणी, व्यवहार और व्यापार

जो गृहस्थ हैं, जिन्हें ध्यान में बैठने का समय नहीं है, जिन्हें मनन करने का समय नहीं है, उनके लिए तीसरा उपाय आवश्यक बताया गया है।

उच्चार – सम्यक वाचा

दिनभर आप जिन शब्दों का उच्चारण करते हैं, जिस वाणी में बोलते हैं, उसका सही उपयोग करें। ग़लत शब्दों का इस्तेमाल न किया जाए। शब्दों का ग़लत इस्तेमाल करने से हमारी शब्दों की शक्ति कम हो जाती है। आप जिन शब्दों का इस्तेमाल कर रहे हैं, उससे किसी को बुरा न लगे। आपके कहने का ढंग इस तरह हो कि सामनेवाले को बुरा भी न लगे और आपका कहना वे समझ सकें। आप शब्दों का जिस तरह से इस्तेमाल करते हैं, उसी तरह के विचार आपके अंदर चलने लगते हैं। इसलिए शब्दों से गाली, चुगली, बुराई, व्यंग्य, झूठ आदि निकाल दें।

उदाहरण के लिए एक इंसान के घर बिजली का काम करने के लिए एक इलेक्ट्रिशियन आया। उसने काम पूर्ण करके डेढ़ सौ रुपये का बिल देते हुए कहा, 'अभी बिल भरोगे तो डेढ़ सौ रुपये ही लूँगा लेकिन अगले हफ़्ते बिल भरोगे तो दो सौ रुपये लूँगा।' ऐसा सुनकर उस इंसान को बुरा लगा, उसे लगा कि मुझसे बेवजह दंड क्यों लिया जा रहा है।

मगर इसी बात को दूसरे ढंग से भी कहा जा सकता था, 'आपका

बिल दो सौ रुपये है, इस हफ़्ते में भरा तो डेढ़ सौ भरना पड़ेगा।' इस तरह कहा जाए तो सामनेवाला ख़ुश हो जाएगा। हालाँकि बात तो वही हुई, बात नई नहीं कही जा रही है मगर कहने का ढंग अलग है। जिससे सामनेवाले को बुरा नहीं लगता और आपका काम भी हो जाता है। अगर कोई चिल्ला रहा हो, उसे 'चिल्लाओ मत' कहने के बजाय 'आहिस्ता बोलो' कहा जाए तो फ़र्क़ पड़ता है। 'चिल्लाओ मत' कहना नकारात्मक वाक्य है, जबकि 'आहिस्ता बोलो' कहना सकारात्मक वाक्य है।

आचार - सम्यक व्यवहार

आचार यानी व्यवहार। हमारा व्यवहार इस तरह का हो कि चोरी, नशा, व्यभिचार, जुआ और हत्या न हो। इन बातों से दूर रहकर ही मन शांत हो पाता है। शांत मन ही अंदर की खोज कर पाता है। अशांत मन विवेक को मार देता है। सही आचरण, सम्यक कर्म का फल पकते ही सुख ख़ुद-ब-ख़ुद इंसान के जीवन में प्रवेश करता है। बुरे कर्म का फल पकने से पहले मूर्ख ख़ुशियाँ मनाता है लेकिन पाप कर्म का फल मिलते ही मूर्ख दुःखी होकर और मूर्खताएँ करने लगता है।

व्यापार - सम्यक आजीविका

तीसरा शब्द बुद्ध ने इस्तेमाल किया - संचार, व्यापार, जिसे आज की तारीख़ में व्यवसाय या बाज़ार भी कहा जा सकता है। इंसान को जीवन जीने के लिए खाना-पीना, कपड़े और घर चाहिए। इन सब बातों के लिए पैसा चाहिए। पैसे के लिए कोई आजीविका हो यानी नौकरी या व्यापार हो। वह आजीविका ऐसी हो, जो दुःख का कारण न बने। जिस आजीविका से सुख, संतुष्टि मिले तथा गुणों का विकास हो, उसे अपनाएँ। अगर आप शराब बेचने का व्यवसाय कर रहे हैं तो यह भी निश्चित है कि शराब पीनेवालों के घर में लड़ाई-झगड़े चलेंगे। इसलिए इस तरह का व्यवसाय हो, जिससे लोगों की हानि न हो, उनके घर में शांति बनी रहे। बारूद, हथियार बिक्री, मांस, शिकार, चरस, गाँजा आदि के व्यापार से बचें।

तीनों उपायों के साथ सम्यक व्यायाम आवश्यक है। सम्यक व्यायाम के बारे में आगे विस्तार से बताया गया है।

अध्याय 23

उपासकों के लिए सम्यक व्यायाम

भगवान बुद्ध अलग-अलग तरह के लोगों, जैसे : गृहस्थ, राजनीतिज्ञ, स्त्री-पुरुष, तरुण, भिक्षु, व्यापारी, राजा इत्यादि सभी को हर एक के हिसाब से अलग ढंग से बोध देते रहे। उन्होंने हर एक को ज्ञान देने की व्यवस्था की। ज्ञान प्राप्ति के लिए आए हुए लोगों को दो भागों में विभाजित किया गया। एक का नाम भिक्षु अथवा श्रमण रखा गया, दूसरे का नाम उपासक रखा गया। भिक्षु संघ में रहकर दीक्षित हुए और संन्यासी बनकर भिक्षाटन व ध्यान साधना करते रहे। उपासक गृहस्थधर्म में रहकर पंचशील का पालन करके शील व सदाचार का जीवन जीते रहे।

उपासकों को ज्ञान देते हुए भगवान बुद्ध ने उन्हें सम्यक व्यायाम पर मार्गदर्शन दिया।

हर इंसान को शारीरिक व्यायाम के साथ-साथ सम्यक व्यायाम भी करना चाहिए। व्यायाम का अर्थ होता है कसरत। सम्यक व्यायाम का अर्थ है, विवेकपूर्ण मानसिक कसरत। मन जब ग़लत वृत्तियों से निर्बल है तब उसे सम्यक व्यायाम की अति आवश्यकता होती है। कमज़ोर मन इंसान को दुःख की खाई में ढकेल सकता है और यही मन तंदुरुस्त होकर मोक्ष प्राप्ति में सहायक बन सकता है। मन को दिशा देने के लिए कुछ व्यायाम आवश्यक है। ख़ाली यानी निरुद्देश्य मन शैतान का घर होता है। हर इंसान को मन के लिए निम्नलिखित चार व्यायाम करने चाहिए।

1. हमारे अंदर कोई दुर्गुण नहीं है, यह जानकर कोई भी दुर्गुण आगे कभी भी न आए इसके लिए सजग रहना। इन दुर्गुणों, वृत्तियों और ग़लत आदतों को रोकने का व्यायाम पहला व्यायाम है।

2. हमारे अंदर कुछ दुर्गुण हैं, यह जानकर उन दुर्गुणों को बाहर निकालने का व्यायाम करना चाहिए। धीरज व साहस से इन दुर्गुणों, वृत्तियों और ग़लत आदतों को निकाला जा सकता है। ये दुर्गुण इंसान के पतन का कारण बन सकते हैं इसलिए दूसरा व्यायाम अति आवश्यक है। पंचशील का पालन इस व्यायाम में मदद करता है। ये पंचशील हैं :

1. झूठ न बोलना अथवा सदा सत्य की राह पर चलना।
2. हिंसा न करना अथवा किसी की हत्या न करना, किसी भी प्राणी को भाव, विचार, वाणी व क्रिया से दुःख न पहुँचाना।
3. चोरी न करना अथवा किसी और की वस्तु को अपना न समझना।
4. नशा न करना अथवा ग़लत व्यसनों, जुआ आदि में न अटकना।
5. व्यभिचार न करना यानी परस्त्री को अपनी स्त्री न समझना, भोग विलास में न पड़ना।

हर इंसान को अपने लिए एक मर्यादा (नियम व पंचशील) निर्धारित करनी चाहिए ताकि वह सदा यह जानता रहे कि उसका पतन हो रहा है या उत्थान हो रहा है। जो इंसान जीवन के नियम और पंचशील को नहीं जानता, वह कभी भी अपने पतन को देख नहीं पाता इसलिए उसका कभी उत्थान नहीं होता। वह सदा दुःख की गहरी खाई में धँसता जाता है। इसके विपरीत जो इंसान अपने पतन को देख सकता है, वह आज नहीं तो कल पंचशील का पालन करने का संकल्प लेकर अपने जीवन में ऊपर उठ सकता है।

जब आप अपने लिए यम-नियम, शील बनाएँ तब अपने आपसे यह सवाल पूछें, 'इस नियम का पालन करने से मेरा भला होगा या नहीं?' दूसरा सवाल यह पूछें, 'क्या इस नियम से दूसरों की हानि होगी?' जब पहले सवाल का जवाब 'हाँ' आए और दूसरे सवाल का जवाब 'ना' आए तब समझ लें कि आपने सही नियम बनाया है। उदाहरण के लिए क्या चोरी न करने से मेरा भला होगा? क्या चोरी न करने से दूसरों की हानि होगी?

दूसरे तरह के व्यायाम में हम श्रेष्ठ जीवन की शुरुआत करते हैं। हम

मन को अशांति देनेवाली आदतों से बचते हैं। हमारे अंदर हमारा उत्थान हो रहा है या पतन हो रहा है, इसकी स्मृति सदा बनी रहती है। जैसे : आप यह जानते हैं कि गाली-गलौज, व्यर्थ की बातें (चीप-टॉक), चुगली, दूसरों की बुराई में नहीं पड़ना चाहिए। अतः जब आप अपने आपको दूसरों की बुराई करते हुए सुनते हैं तब आपको पता चलता है कि आपका पतन हो रहा है। यह पता चलना अति शुभ है, आप तुरंत आगे के लिए संकल्प करके उससे बाहर आने का व्यायाम करेंगे।

3. हमारे अंदर कुछ आवश्यक गुण होना ज़रूरी हैं। ये गुण सत्य की यात्रा में हमें बहुत मदद करते हैं। जैसे कि आत्मसंयम रखना, छल-कपटरहित बात करना तथा मीठा बोलना, लोगों से नम्र व सब्र का व्यवहार करना, शरीर की कार्यक्षमता बढ़ाना, शरीर को साधना (अनुशासन) में रखना, कार्य को समय पर अंजाम देना, बीमार की सेवा करना इत्यादि।

इन गुणों के रहते हम लोगों से तथा शरीर व विचारों से मिलनेवाली कई तरह की परेशानियों से बच जाते हैं। इन गुणों के रहते हमारे समय की बचत होती है, जिसे हम अपनी ध्यान साधना में लगा सकते हैं।

तीसरे व्यायाम में आप अपने अंदर इन गुणों की परख करें। इनमें से कौन से गुण आपमें नहीं हैं, उन्हें जल्द से जल्द आत्मसात करने का प्रण करें।

4. लोगों के अंदर कई गुण होते हैं, जिनसे सीख ली जा सकती है। आपके अंदर भी कई गुण हैं, जिन्हें पहचानना आवश्यक है। इन गुणों का इस्तेमाल होना चाहिए। इन गुणों की अभिव्यक्ति के साथ उन्नति भी होनी चाहिए। ये गुण सदा हमारे साथ रहें, उन्हें रोककर रखने का व्यायाम करना चाहिए। इन गुणों को रोकने के अलावा उनका संवर्धन यानी विकास भी करना चाहिए।

खण्ड ~ 6

भगवान बुद्ध की अन्य शिक्षाएँ

अध्याय 24

मध्यम मार्ग

भगवान बुद्ध ने खुद पहले अतियों का मार्ग अपनाया था। महल में रहकर भोग-विलास की एक अति में वे रह चुके थे। जंगल में काया कष्ट की दूसरी अति में वे तप कर चुके थे। दोनों अतियों के अनुभव प्राप्त करके उन्होंने यह मान्यता तोड़ी, 'काया को कष्ट देने से पाप मिटते हैं।'

इंसान अति में जीना पसंद करता है इसलिए प्रकृति से दूर होता जाता है। प्रकृति से दूर होकर वह बीमारियों के पास चला जाता है। इंसान जब भोजन करता है तब वह स्वाद के मोह में आकर अति कर जाता है। ज़्यादा भोजन करके वह अपना स्वास्थ्य बिगाड़ लेता है या फिर भोजन न करने की ठान लेता है। इस तरह वह दूसरी अति में चला जाता है।

राजा प्रसेनजित भोजन के अति शौकीन थे। जब वे बुद्ध की शरण में आए तब उन्होंने मध्यम मार्ग अपनाया। शुरू-शुरू में यह मार्ग उन्हें बहुत कठिन लगा। बुद्ध ने उन्हें समझाया, 'भरपेट अनाज खाए हुए सूअर की तरह लोटते रहना, तंद्रा में मस्त रहना मूर्खता है क्योंकि अधिक भोजन करना रोगों और कष्टों को जन्म देता है। संयम रखकर समुचित मात्रा में भोजन करना ही बुद्धिमानी का लक्षण है। अल्पाहारी (कम खानेवाला) इंसान का बुढ़ापा धीरे-धीरे आता है और वह अनेक शारीरिक पीड़ाओं से भी बचा रहता है।'

राजा प्रसेनजित ने जब कई प्रयत्नों के बाद भी सफलता नहीं पाई तब बुद्ध ने उनके भतीजे सुदर्शन को इस काम के लिए प्रसेनजित को सचेत करने की आज्ञा दी। हर बार ज़्यादा खाना खाने पर उनसे हज़ार अशर्फ़ियाँ बतौर दंड ली जातीं थीं। इस तरह राजा प्रसेनजित का वज़न कम हुआ।

इससे समझें कि ज़्यादा खाकर इंसान प्रकृति से दूर जा रहा है, प्रकृति के नियम तोड़ रहा है। प्रकृति हमेशा समता में काम करती है। यदि गरमी अति हो जाती है तब बारिश के द्वारा उसे समता में लाया जाता है।

इंसान की यह आदत हर जगह काम करती है या तो वह बहुत ज़्यादा नींद लेता है या बहुत कम नींद लेता है या तो वह अति गरम खाना खाता है या अति ठंडा, फ्रिज़ में रखा हुआ खाना खाता है। इस तरह का खाना उसके शरीर के अंदर तंद्रा या उन्माद पैदा करता है, जो उसे अच्छा लगता है। फिर यह आदत धीरे-धीरे व्यसन बन जाती है और वह अति गरम या अति ठंडा खाना पसंद करता है। ऐसा खाना न मिलने पर वह क्रोधित हो जाता है। इसलिए भोजन के संबंध में भी अति में न जाएँ। अति सर्वत्र वर्जित है।

व्यायाम करना स्वास्थ्य के लिए अच्छा है लेकिन दिनभर व्यायाम करते रहना वर्जित है। जीवन के लिए भोजन करना ज़रूरी है लेकिन खाने के लिए जीते रहना वर्जित है।

जब इंसान किसी चीज़ की अति में चला जाता है तब लोग उसे सनकी कहते हैं। चाहे वह किसी भी चीज़ पर प्रयोग कर रहा हो, फिर भी इस तरह के लोग जीवन में एक तरफ़ा विकास करते हैं। जो इंसान संपूर्ण विकास करना चाहता है, वह सदा अतियों से बचता है। सम्यक आहार, सम्यक व्यायाम, सम्यक आराम और सम्यक आजीविका - संतुलित, स्वस्थ और संतुष्ट जीवन के लिए अमृत है। अति भोजन, अति काम, अति आराम और अति विचार - संतुलित, स्वस्थ और संतुष्ट जीवन के लिए ज़हर है। अतः कभी भी अति में न जाएँ, मध्यम मार्ग का चुनाव करें।

अध्याय 25

दस पारमिताएँ

भगवान बुद्ध ने अपने उपदेशों में संबोधि प्राप्त करने के लिए दस पारमिताओं (सद्‌गुणों) का होना आवश्यक बताया है। साधक जब अपने अंदर इन पारमिताओं का विकास करता है तब वह अर्हंत यानी मुक्ति की अवस्था प्राप्त करता है। ये दस पारमिताएँ इस प्रकार हैं -

1. दान : न सिर्फ़ अपनी संपत्ति से बल्कि अपने समय और जानकारी से भी लोगों को लाभ देना चाहिए। हमारे धन पर केवल हमारा हक़ नहीं है, हमारे धन पर समाज के ज़रूरतमंद लोगों का भी हक़ है। धन का उपयोग लोगों की चेतना बढ़ाने के लिए करना चाहिए। इस बात को एक उदाहरण द्वारा समझें।

   भगवान बुद्ध का जब पाटलिपुत्र में शुभागमन हुआ तो हर इंसान अपनी-अपनी संपत्ति की स्थिति के अनुसार उन्हें उपहार देने की योजना बनाने लगा। राजा बिम्बिसार ने भी क़ीमती हीरे, मोती और रत्न उन्हें पेश किए। इसके बाद मंत्रियों, सेठों, साहूकारों ने अपने-अपने उपहार उन्हें अर्पित किए। बुद्धदेव ने सबके दान को एक हाथ से सहर्ष स्वीकार किया। इतने में एक बुढ़िया लाठी टेकते वहाँ आई।

   बुद्धदेव को प्रणाम कर वह बोली, 'भगवन, जिस समय आपके आने का समाचार मुझे मिला, उस समय मैं यह अनार खा रही थी। मेरे पास कोई दूसरी चीज़ न होने के कारण मैं इस अधखाए फल को ही ले आई हूँ। यदि आप मेरी यह तुच्छ भेंट स्वीकार करेंगे तो मैं अपना अहोभाग्य समझूँगी।'

भगवान बुद्ध ने दोनों हाथ सामने कर वह फल ग्रहण किया। राजा बिम्बिसार ने जब यह देखा तो उन्होंने बुद्धदेव से पूछा, 'भगवन, क्षमा करें! एक प्रश्न पूछना चाहता हूँ। हम सबने आपको क़ीमती और बड़े-बड़े उपहार दिए, जिन्हें आपने एक हाथ से ग्रहण किया लेकिन इस बुढ़िया द्वारा दिए गए छोटे एवं जूठे फल को आपने दोनों हाथों से ग्रहण किया, ऐसा क्यों?'

यह सुनकर बुद्धदेव मुस्कराए और बोले, 'राजन! आप सबने अवश्य बहुमूल्य उपहार दिए हैं किंतु यह सब आपकी संपत्ति का दसवाँ हिस्सा भी नहीं है। आपने यह दान दीनों और ग़रीबों की भलाई के लिए नहीं किया है इसलिए आपका यह दान 'सात्विक दान' की श्रेणी में नहीं आ सकता। इसके विपरीत इस बुढ़िया ने अपने मुँह का कौर ही मुझे दे डाला है। भले ही यह बुढ़िया निर्धन है लेकिन इसे संपत्ति की कोई लालसा नहीं है। यही कारण है कि इसका दान मैंने खुले हृदय से, दोनों हाथों से स्वीकार किया है।'

2. शील : शील यानी नैतिकता। प्रकृति के नियमों का पालन करना, सदाचार का जीवन जीना इत्यादि। इन बातों का विस्तार मानसिक व्यायाम में किया गया है।

3. निष्क्रियता (नैष्क्रम्य) : निष्क्रियता का अर्थ है सांसारिक काम, भोग का त्याग करना।

4. प्रज्ञा : प्रज्ञा का अर्थ है जानना, प्रकाशित करना। इसका विस्तार बुद्ध बोध के पहले उपाय में लिखा गया है।

5. वीर्य : वीर्य का अर्थ है पुरुषार्थ करना, मेहनत करना। सत्य प्राप्त करने के लिए हर असुविधा का सामना करना। इस गुण का इस्तेमाल हर उपाय में आवश्यक है।

6. क्षांति : क्षांति का अर्थ है सहनशीलता। धीरज और धैर्य से साधना में लगे रहना, लोगों को क्षमा कर पाना, इस गुण का विस्तार है।

7. सत्य : सत्य का अर्थ है कपट न करना। मज़ाक में भी झूठ न बोलें, सदा सत्य का सहारा लें।

8. अधिष्ठान : अधिष्ठान यानी दृढ़ निश्चय। समाधि का अभ्यास करने के लिए संकल्प शक्ति, वीर्य और अधिष्ठान की आवश्यकता है।

9. मैत्री : मैत्री का अर्थ है – सभी जीवों के लिए अपनेपन की भावना। हर इंसान से मित्रता महसूस करें। दुःखियों के लिए दया और करुणा व्यक्त करें।

गौतम बुद्ध ने अपने भिक्षुओं को हमेशा शील व सदाचार का जीवन जीने के लिए प्रेरित किया। वे भिक्षुओं को रुग्ण अवस्था में एक-दूसरे की सेवा करने के लिए प्रोत्साहित करते थे और कहते थे, 'हे भिक्षुओ, जो मेरी सेवा करना चाहे, वह रोगियों की सेवा करे, ऐसा करने से तुम वही फल पाओगे जो मेरी सेवा करके मिलेगा। भूखा आदमी रोगी ही है, ऐसी अवस्था में उसे ज्ञान दान के बजाय खाना खिलाया जाए ताकि वह सत्य का श्रवण कर सके। यही सही सेवा होगी।'

10. उपेक्षा : उपेक्षा का अर्थ है अलगाव। सदा संसार में व्यवहार करते हुए घटनाओं के साथ समता का अभ्यास करें।

बुद्ध की तसवीर में आपने देखा होगा कि उनकी आँखें आधी बंद और आधी खुली हैं। अधखुली आँखें अनासक्त अवस्था दर्शाती हैं। जब इंसान उस आँख से देख रहा है, जो चिपकाव रहित (डिस-आयडेंटीफ़ाइड) है, जहाँ दृश्य का असर नहीं हो रहा है यानी दृश्य देखकर हम उसमें घुस नहीं जाते, उसमें अपने आपको भूल नहीं जाते, इस अवस्था को दिखाने के लिए बुद्ध की आँखें अधखुली दिखाई जाती हैं। अगर आप भी सुबह से लेकर रात तक आधी आँखें खोलकर चलना शुरू कर दें तो देखेंगे कि आप पर किसी चीज़ का प्रभाव ही नहीं पड़ रहा है।

स्वयं के साथ अगर यह प्रयोग करके देखेंगे कि आपकी आधी आँखें खुली हैं और आप ऐसे ही चल रहे हैं, टी.वी. देख रहे हैं तो आप महसूस करेंगे कि सामनेवाले दृश्य का कोई असर आप पर नहीं पड़ रहा है। फिर टी.वी. पर क्रिकेट भी चल रही है तो आपको कुछ फ़र्क़ नहीं पड़ रहा है... खेलनेवाला आउट होगा तो आपको

दुःख नहीं होगा। आप कहेंगे, 'ठीक है, आउट तो आउट।' मगर जब आपको उस चीज़ से चिपकाव (आयडेंटीफ़ाइड) हो जाता है तब आपकी आँखें बड़ी हो जाती हैं, 'अरे! यह क्या हो रहा है।'

इसे समझें, बुद्ध यानी इंसान की मूल अवस्था। उस अवस्था में कैसे देखा जाता है, यह कैसे दिखाया जाए? कैसे बताया जाए? इसका अर्थ बुद्ध ऐसे बैठते थे, ऐसा नहीं है। बुद्ध का अर्थ एक ऐसी अवस्था, जिसमें आप दृश्यों को देखते हुए भी उनसे चिपकते (आयडेंटीफ़ाइड) नहीं हैं। ऐसी अवस्था में आप केवल द्रष्टा बनकर यह देखते हैं, 'यह भी ठीक है, वह भी ठीक है।' इस अवस्था में उपेक्षा भाव मदद करता है।

अध्याय 26

अपना असली स्वभाव पहचानें

कौशल नरेश प्रसेनजित के पास 'पायेक्का' नामक एक हाथी था, जो अपने बल, बहादुरी और साहस के लिए मशहूर था। हाथी देखने में बहुत विशाल तथा बुद्धि और चालाकी में बेजोड़ था। उस हाथी को राजा की शान माना जाता था। कहा जाता था कि अगर महाराज प्रसेनजित पायेक्का की पीठ पर सवार है तो युद्ध वे ही जीतेंगे, कोई भी सेना उन्हें हरा नहीं सकती थी। पायेक्का की चिंघाड़ सुनकर दुश्मनों की सेना में भगदड़ मच जाती थी। कई बार दुश्मनों ने उस हाथी को मारने की कोशिश भी की मगर हर बार वे नाकाम हो गए।

समय बीतता गया और धीरे-धीरे हाथी बूढ़ा हो गया, उसका पुराना महावत भी बूढ़ा होकर सेवानिवृत्त हो चुका था। एक दिन हाथी तालाब में नहाने गया और कीचड़ में फँस गया। उसने कीचड़ से बाहर निकलने के लिए काफ़ी ज़ोर लगाया लेकिन वह जितना ज़्यादा ज़ोर लगाता, उतना ही दलदल में और फँसता जाता। नए महावत ने हाथी को दलदल से बाहर निकालने के लिए कई तरह के उपाय किए लेकिन कोई फ़ायदा नहीं हुआ। अपनी इस दुर्दशा को देखकर हाथी रोने लगा। राजा प्रसेनजित को जब इस बात का पता चला तब वे तुरंत तालाब के पास पहुँचे। अपने सबसे प्यारे हाथी की यह दुर्दशा देखकर राजा को भी बहुत दुःख हुआ। शाम होते-होते यह ख़बर पूरे नगर में फैल गई। लोगों की भीड़ तालाब पर उमड़ पड़ी।

उन दिनों हाथी का पुराना महावत सेवानिवृत्त होकर भगवान बुद्ध की शरण में जा चुका था। उस समय वह अनाथपिण्डक के जेतवनाराम में भगवान बुद्ध का प्रवचन सुन रहा था। हाथी के फँसने की ख़बर जब भगवान

बुद्ध तक पहुँची तब उन्होंने उस महावत को हाथी की मदद करने के लिए भेजा। दलदल में फँसे हाथी को देखकर वह महावत पहले खूब ज़ोर से हँसा और फिर उसने युद्ध का बिगुल बजवाने का आदेश दिया। युद्ध के बिगुल की आवाज़ सुनकर हाथी इतनी ज़ोर से चिंघाड़ा कि पूरे नगर में उसकी गूँज सुनाई दी। लोगों को उसकी चिंघाड़ सुने बरसों बीत गए थे। चिंघाड़ते हुए हाथी फुर्ती के साथ ऐसी सहजता और मस्ती से बाहर आया कि जैसे तालाब में न कोई दलदल हो और न वह उसमें फँसा हो।

लोगों की भीड़ में भगवान बुद्ध के कुछ भिक्षु भी थे। उन्होंने भगवान बुद्ध को पूरी घटना बताकर महावत के हँसने और बिगुल बजवाने का कारण पूछा। बुद्ध ने उस दिन के प्रवचन में इसी घटना को आधार बनाकर सभी को मार्गदर्शन दिया। सभी को समझाते हुए उन्होंने कहा, 'महावत इसलिए हँसा क्योंकि उसे समझ में आया कि इतना महान हाथी, जिसकी शोहरत सैकड़ों मीलों तक है और वह फँसा भी तो तालाब के दलदल में, वह कैसे भूल गया कि वह एक महान हाथी है, जिसने अनेक युद्ध जीते हैं। बिगुल इसलिए बजवाया क्योंकि उसकी आवाज़ से हाथी को अपना असली स्वभाव याद आ जाए और वही हुआ। बिगुल सुनते ही हाथी भूल गया कि वह दलदल में है। पलभर के लिए उसे युद्ध याद आने लगा और उसने अपनी सारी ताक़त, सारा ध्यान युद्ध की तरफ़ लगा दिया और दलदल से बाहर आ गया।'

बुद्ध ने आगे कहा, 'हाथी से ही कुछ सीखो कि कैसे बलवान से बलवान जवान एक दिन बूढ़ा होकर शक्तिहीन हो जाता है... कैसे अमीर से अमीर लोग एक दिन निर्धन हो जाते हैं...। इस संसार में कुछ भी हमेशा एक जैसा नहीं रहता। हम वासनाओं की जो भी आदतें जवानी में डालते हैं, बुढ़ापे में वे और मज़बूती के साथ सिर उठाती हैं। यह हाथी जवानी में भी उस तालाब में नहाने जाता रहा होगा। लेकिन उस समय जवानी की ताक़त थी इसलिए दलदल में नहीं फँसा। बूढ़े होने पर भी तालाब की आदत नहीं बदली। इसलिए कभी भी इस भ्रम में नहीं पड़ना चाहिए कि जवानी में व्यसन कर लो, बुढ़ापे में छोड़ देंगे।'

बुद्ध ने कहा, 'महावत ने बिगुल बजवाकर हाथी को उसका स्वभाव याद दिलवाया कि वह एक महाबलशाली हाथी है, वह चाहे तो अपनी

पूरी ताक़त और ध्यान दलदल से बाहर आने में लगा सकता है। मैं भी अनित्यता का बिगुल बजा रहा हूँ, तुम लोग भवसंसार की कीचड़ से बाहर आ सकते हो। जन्म-मरण, रोग-बुढ़ापे के दुःखदायी दलदल से बाहर निकल सकते हो। अगर आपने अपना सारा ध्यान, सारी ताक़त राग-द्वेष, चिंता और भय के विकारों को मिटाने में लगा दिया तो जल्द ही आप जाग्रत हो सकते हैं। इसके लिए अपनी इच्छा शक्ति को मज़बूत करो और भवसंसार रूपी दलदल से बाहर निकलो।'

इस घटना से यह भी पता चलता है कि भगवान बुद्ध के जैसे सच्चे मार्गदर्शक अपने अनुयायियों को न स्वर्ग का लालच देते हैं न नर्क के भय का। वे तो केवल उन्हें उनके असली स्वभाव से परिचित करा देते हैं। वे सभी को सही व सच्चा मार्ग दिखाते हैं, ताकि उस मार्ग पर चलकर लोग स्वयं निर्वाण के परम आनंद को प्राप्त कर सकें और जीवन को दुःखों और कर्मबंधनों से मुक्त कर सकें।

अध्याय 27

कर्म बंधन न बने

एक दिन भगवान बुद्ध अपने कुछ भिक्षुओं के साथ एक गाँव में रुके थे। उस गाँव का एक इंसान भगवान बुद्ध के खिलाफ़ था। उसे जैसे ही पता चला बुद्ध गाँव में आए हैं, वह उनके पास गया। वहाँ जाकर उसने बुद्ध को भला-बुरा कहना शुरू किया। भगवान बुद्ध शांत बैठे हुए थे, उन्होंने कोई प्रतिक्रिया नहीं की। जब उस इंसान ने देखा कि कोई भी प्रतिक्रिया नहीं आ रही है तो वह क्रोधित होकर भगवान बुद्ध को और गालियाँ देने लगा। उसके बावजूद भी गौतम बुद्ध शांति से बैठे रहे।

उस इंसान ने बुद्ध से पूछा, 'तुमने मुझे कुछ कहा क्यों नहीं? कुछ कहो।' तब बुद्ध ने जवाब दिया, 'तुमने अपना काम किया, अब मुझे जो करना है वह मैं करूँगा, मैं तुम्हारा गुलाम तो नहीं हूँ, मेरे पास जवाब देने के लिए बहुत समय है।' फिर थोड़ी देर के बाद वह इंसान बुद्ध के पास आता है और कहता है, 'मुझसे ग़लती हो गई, मुझे क्षमा करो।' बुद्ध को ख़ामोश देखकर वह इंसान फिर से कहता है, 'आप मुझे क्षमा क्यों नहीं करते? आपने मेरी परीक्षा ली और अब मुझे क्षमा भी नहीं कर रहे हैं।' बुद्ध कहते हैं, 'बहुत समय है, पहले यह तो पक्का करो कि तुमने कोई ग़लत कार्य किया है। क्षमा तो बाद में आती है, पहले ग़लती हो तो फिर क्षमा करें। जो करना है हम अपनी समझ से करेंगे, हम आपके गुलाम तो नहीं हैं।' असमंजस के साथ वह इंसान वहाँ से चला गया।

उसके जाने के बाद गौतम बुद्ध से भिक्षुओं ने पूछा, 'आपने उस इंसान से कुछ भी क्यों नहीं कहा।' इस बात को गौतम बुद्ध ने एक उदाहरण के साथ समझाते हुए कहा, 'सोचो अगर कोई इंसान आपके लिए बहुत सारे

उपहार लेकर आए और आप उन्हें स्वीकार ही नहीं करें, आप उन उपहारों को न अपनाएँ तो उनका क्या होगा?' एक भिक्षु ने जवाब दिया, 'फिर जो उपहार लाए थे उसे वे वापस ले जाने पड़ेंगे।' गौतम बुद्ध ने कहा, 'बिलकुल सही। वह इंसान भी मेरे लिए बहुत सारी गालियों के उपहार लेकर आया था। परंतु मैंने लिए ही नहीं इसलिए वह उन्हें वापस लेकर गया। वे उपहार अब उसी के पास हैं।'

इस उदाहरण द्वारा देखें कि बुद्ध के द्वारा कैसे कर्म हो रहे थे। बुद्ध और जीज़स के कर्म देखकर आपको पता चलेगा कि कर्म कैसे बंधन न बने और क्या करने से बंधन नहीं बनेगा।

घटना होने के बाद और कर्म करने के बीच में जो स्थान है, वह छोटा या बड़ा आपकी संवेदनशीलता के अनुसार लगता है। कुछ लोग चावल पर भी शब्द लिखते हैं। अगर आपके सामने चावल का दाना रखा और कहा, 'इस चावल पर कुछ लिखें' तो आप नहीं लिख पाएँगे क्योंकि आपको उस पर लिखने के लिए जगह ही दिखाई नहीं देती। जो इंसान संवेदनशील (कार्यकुशल) होगा, वह कहेगा, 'चावल पर बहुत जगह है, उस पर हम लिख सकते हैं।' इसी तरह घटना होने के बाद हम सोच समझकर सही कर्म कर सकते हैं।

घटनाओं में प्रतिसाद देने के लिए आपके पास बहुत समय है मगर वह समय आपको पकड़ में आए। जो संवेदनशील होते हैं, उन्हें चावल का दाना भी बड़ा लगता है। उन्हें लगता है कि एक चावल के दाने पर भी काफ़ी जगह है, इस पर लिख सकते हैं और संदेश भी भेज सकते हैं। जीज़स को लिखने के लिए चावल का एक दाना भी काफ़ी है। जो संवेदनशील है, ग्रहणशील है, वह यह बात पकड़ सकता है। जब आप इस तरह के महापुरुषों का जीवन देखेंगे तब आपको पता चलेगा कि कर्म बंधन क्यों नहीं बनता होगा क्योंकि वहाँ अव्यक्तिगत (इम्पर्सनल) जीवन चल रहा है।

जीवन जब व्यक्तिगत होता है, सीमित होता है, एक व्यक्ति के लिए होता है, अहंकार के लिए होता है और 'मैं शरीर हूँ' इस अज्ञान की वजह से चलता है तो उस इंसान से जो क्रियाएँ होंगी, उनसे बंधन बनेगा। अव्यक्तिगत जीवन से जो क्रियाएँ होती हैं, उनका बंधन नहीं बनता।

यदि आपने कोई भी क्रिया नहीं की तो क्रिया न करने का कर्म तो आपसे होता ही है और उसका भी फल मिलता है। इंसान के द्वारा कर्म तो बहुत हो रहे हैं मगर उनसे बंधन बनता है। इसलिए ऐसे अव्यक्तिगत (दूसरों के लाभ के लिए) कर्म होने चाहिए, जिनसे बंधन न बने। जीज़स या भगवान बुद्ध जैसे महान संतों द्वारा सालों से अव्यक्तिगत और उच्चतम कर्म हो रहे थे। उनका संपूर्ण जीवन अव्यक्तिगत था इसलिए उनके कर्म बंधन नहीं बने। इनके कार्यों को देखकर हमारा जीवन भी अव्यक्तिगत बने।

अध्याय 28

बुद्ध की तीन महत्त्वपूर्ण शिक्षाएँ

भगवान बुद्ध की तीन महत्त्वपूर्ण शिक्षाओं में से पहली शिक्षा में उन्होंने सबसे सुरक्षित शरण स्थल के बारे में बताया। पहली शिक्षा थी, 'बुद्धम् शरणम् गच्छामि' यानी बुद्ध की शरण में जाओ। यहाँ 'बुद्धम् शरणम्' का अर्थ बुद्ध का शरीर नहीं है बल्कि वे तो यह कह रहे हैं कि 'जाग्रत की शरण में जाओ।' बुद्ध का वास्तविक अर्थ है, वह जो जाग्रत हो। वरना लोग किसी न किसी के शरीर की शरण में चले जाते। जाग्रत की शरण में जाने के लिए इसीलिए कहा गया है क्योंकि वह सबसे सुरक्षित शरण स्थल है। वरना आप किसी भी स्थान पर जाएँ चाहे जंगल हो, पहाड़ हो या कोई तीर्थ स्थल, वहाँ आपका मन, मन की चिंताएँ, डर वही रहता है इसलिए वह सुरक्षित नहीं है।

बुद्ध की अगली महत्त्वपूर्ण शिक्षा थी, 'धम्मम् शरणम् गच्छामि' यानी 'धर्म की शरण में जाओ।' यहाँ धर्म का अर्थ किसी साम्प्रदाय से नहीं है बल्कि इसके माध्यम से बुद्ध कह रहे हैं, 'शिक्षाओं की शरण में जाओ क्योंकि उससे ही मोक्ष मिलेगा।'

बुद्ध की तीसरी महत्त्वपूर्ण शिक्षा है, 'संघम् शरणम् गच्छामि' यानी 'संघ की शरण में जाओ।' जो लोग शिक्षाओं पर कार्य कर रहे हैं, जो गुरु से, जाग्रत से जुड़े हुए हैं, उनके समूह को संघ कहते हैं। वरना लोग संघ के नाम से भ्रमित हो जाते हैं और उसकी जगह किसी क्लब से जुड़ जाते हैं। जिन लोगों को शिक्षाओं में दिलचस्पी नहीं होती, वे कहते हैं, 'इनका अनुकरण बाद में कर लेंगे, इतनी जल्दी क्या है? मनन भी बाद में ही कर लेंगे' या फिर वे कहते हैं, 'अरे ये वासना वगैरह कभी ख़त्म नहीं होती, इसे

ख़त्म करने की बातें ढकोसला हैं,' वगैरह-वगैरह। अगर आप ग़लत संघ में शामिल होंगे तो वहाँ आपको ऐसी पंक्तियाँ ज़रूर सुनाई देंगी।

जिन लोगों का संबंध शिक्षाओं से और बुद्ध से नहीं होता, वे नहीं चाहेंगे कि लोग अपना समय ध्यान और साधना में लगाएँ। वे तो यही कहेंगे, 'चलो गप्प-गोष्ठी करते हैं, व्यापार की बातें करते हैं। हमें बताओ कि तुम्हारा व्यापार कैसे बढ़ा ताकि उस तरीक़े से हम अपना व्यापार भी बढ़ा पाएँ।' ऐसे लोग आपसे काम-धंधे के बारे में सलाह ज़रूर माँगते हैं क्योंकि उन्हें लगता है कि वे ज़्यादा पैसा नहीं कमा पा रहे हैं इसलिए उनके दिमाग़ में यही सब चलता रहता है। ऐसे लोगों के समूह को संघ मानने की ग़लती न करें। हालाँकि इसका अर्थ यह नहीं है कि आपको काम-धंधे और व्यापार से जुड़ी बैठकें नहीं करनी चाहिए। लेकिन जिसे आप संघ मानते हैं, उसके सभी सदस्यों की दिलचस्पी शिक्षाओं में होनी चाहिए, तभी उसे संघ कहा जा सकता है। ऐसे संघ से जुड़कर आपको लाभ ही होगा।

बुद्ध की शिक्षाओं से आपने 'ज' यानी जागृति का महत्त्व समझा। उस समय बुद्ध की श्रेष्ठतम अवस्था को देखकर उन्हें कई नाम दिए गए थे, जैसे : 'बुद्ध देव', 'भगवान बुद्ध' वगैरह। हालाँकि उन्होंने ऐसे विशेषणों को हमेशा नकार दिया। जब भी उनसे पूछा गया, 'क्या आप ज्ञान प्राप्त करके देव या भगवान बन गए हैं?' तो उन्होंने हमेशा यही कहा, 'ऐसा कुछ नहीं है बल्कि मुझे तो सिर्फ़ जागृति मिली है।' सभी को ऐसी जागृति मिलने की संभावना है।

अध्याय 29

संघ का असर

एक दिन गौतम बुद्ध एक राज्य से दूसरे राज्य में जा रहे थे। वे अचानक रुक गए। उन्होंने ज़मीन पर पड़ा एक पुरानी रस्सी का टुकड़ा उठाकर अपने एक भिक्षु के हाथ में थमाते हुए कहा, 'मुझे बताओ इसमें से कैसी गंध आ रही है?' भिक्षु ने उसे सूँघा और कहा, 'इसमें से दुर्गंध आ रही है।' फिर गौतम बुद्ध ने वहाँ उपस्थित सभी भिक्षुओं से कहा, 'इसे सूँघो और मुझे बताओ, यह कहाँ पर इस्तेमाल किया गया है।' उस रस्सी से बहुत दुर्गंध आ रही थी। कुछ भिक्षु तो उसे सूँघते ही मुँह बिगाड़कर तुरंत दूसरे को सौंप देते और अपना हाथ झटक लेते थे।

सभी ने उसे सूँघा और कई भिक्षुओं ने अपना निष्कर्ष बताया, 'इस गंध से ऐसा प्रतीत होता है कि यह उस रस्सी का टुकड़ा है, जो मछलियों को पकड़ने के लिए मछुआरे इस्तेमाल करते हैं।' बुद्ध ने जवाब दिया, 'बिलकुल सही।' फिर बुद्ध ने दूसरा सवाल पूछा, 'इस रस्सी को जब तैयार किया गया क्या उस वक़्त भी इस में ऐसी ही गंध होगी?' सभी भिक्षुओं ने एक साथ कहा, 'नहीं। उस वक़्त रस्सी गंधहीन होती है। उसमें न सुगंध होती है न दुर्गंध होती है।' गौतम बुद्ध ने कहा, 'बिलकुल सही, रस्सी मूलतः कोई गंध नहीं रखती, परंतु चूँकि यह रस्सी दुर्गंध से भरी मृत मछलियों के बीच रखी गई थी, वह दुर्गंध इस रस्सी में भी आ गई है और अब वह दुर्गंध इस रस्सी का अभिन्न अंग बन गई है। अब यह रस्सी जिस किसी इंसान के हाथ में जाएगी, वह अपनी दुर्गंध उस हाथ में भी फैला देगी। इसलिए वह इंसान इसे तुरंत फेंक देगा। इसे सदा घृणा की नज़र से देखा जाएगा और कोई पसंद नहीं करेगा।'

कुछ लोगों ने गौतम बुद्ध का इशारा भाँप लिया था परंतु कई लोगों को इस उदाहरण का अर्थ समझ में नहीं आया। तब इसका अर्थ समझाते हुए भगवान बुद्ध ने कहा, 'इंसान के साथ भी यही होता है। अच्छी या बुरी आदतें लेकर कोई भी पैदा नहीं होता, परंतु वह अपने जीवन में यदि बुरे लोगों की संगत में रहता है, तब वे बुरी आदतें उसके अंदर भी प्रवेश कर लेती हैं। कोई कितनी भी कोशिश करे, संग का रंग लगता ही है। अगर इसके बाद भी हम उन आदतों में लगे रहें तो वे आदतें बहुत गहरी होकर हमारे व्यक्तित्व का एक अंग बन जाती हैं। इसके बाद उन आदतों से छुटकारा पाना बहुत ही कठिन हो जाता है। परिणामस्वरूप हमारे व्यक्तित्व में बुराई देखकर लोग हमें बुरा इंसान समझने लगते हैं तथा हमारी संगत से बचना चाहते और हमें कोई पसंद नहीं करता। इसलिए इंसान को शुरू से ही इस बात के लिए सतर्क रहना चाहिए कि वह किन लोगों की संगत में रह रहा है। जिन लोगों की तरह हम बनना नहीं चाहते, उन लोगों की संगत में हमें नहीं रहना चाहिए।' इस उदाहरण से सभी भिक्षु समझ गए कि बुरी संगत से बचना कितना महत्त्वपूर्ण है।

इसी तरह एक दिन गौतम बुद्ध ने रास्ते में पड़े एक फटे हुए वस्त्र का टुकड़ा उठा लिया और एक भिक्षु को उसे सूँघने के लिए कहा। भिक्षु उसे सूँघकर आश्चर्यचकित हो गया, उसने कहा, 'इसमें से तो सुगंध आ रही है।' जब बाक़ी भिक्षुओं को इसे सूँघने के लिए कहा तो कई भिक्षुओं का चेहरा इसे सूँघते ही खिल जाता था। एक भिक्षु ने पूछा, 'वस्त्र तो गंधहीन होता है फिर इसमें से यह सुगंध कैसे आ रही है ?' इस पर बुद्ध ने जवाब दिया, 'इसमें अगरबत्तियाँ लपेटकर रखी गई थीं। अगरबत्तियों के साथ होने की वजह से यह गंधहीन वस्त्र भी सुगंध से महक उठता है और इसे सभी पसंद करते हैं। इसी तरह इंसान भी अच्छे लोगों की संगत में रहकर, उनके गुणों को और अच्छाइयों को देख-देखकर उनके गुण और अच्छाइयाँ ग्रहण कर लेता है और इस तरह वे गुण उसके व्यक्तित्व का एक हिस्सा बन जाते हैं और अच्छे गुण रखनेवाले लोगों के साथ सभी लोग रहना पसंद करते हैं।'

बुद्ध ने इस विषय को आगे समझाते हुए कहा, 'अच्छे या बुरे लोगों की संगति का असर धीरे-धीरे मगर निरंतरता से होता है। जैसे दो लोग

जो पहाड़ पर चढ़ रहे हों और उन दोनों को दो अलग-अलग संघ मिल जाए, जिसमें से एक संघ पहाड़ के शिखर की ओर बढ़ रहा है तो दूसरा पहाड़ से नीचे उतर रहा है। ऐसी स्थिति में क्या होगा? वे दोनों जो पहाड़ पर चढ़ने के लिए निकले थे, वे अपने-अपने संघ के साथ एक-एक क़दम आगे बढ़ेंगे। उसमें से एक पहाड़ के शिखर की तरफ़ एक क़दम बढ़ाएगा तो दूसरा पहाड़ के तल की तरफ़ एक क़दम बढ़ाएगा। परिणामतः अंत में यह देखा जाएगा कि एक पहाड़ के शिखर पर पहुँच गया और दूसरा पहाड़ के तल पर पहुँच गया।

इसलिए सही या ग़लत संघ के साथ रहने के फ़ायदे या नुक़सान यदि हमें तुरंत दिखाई न भी दें तो भी हमें सही संघ का ही चुनाव करना चाहिए।

अध्याय 30

मंगल मैत्री

भगवान बुद्ध के समय में जब कोई भिक्षु किसी के दरवाज़े पर पहुँचता था तो जब तक इंसान घर का दरवाज़ा न खोले, तब तक भिक्षु मंगल मैत्री करता रहता था। जिसमें वह उस परिवार के सदस्यों के लिए प्रार्थना करता, 'इस घर के सभी सदस्यों का भला हो, सभी पर ईश्वर का आशीष बरसे।' उस वक़्त जिन लोगों को स्पष्टता मिल चुकी थी, वे यह देखकर ख़ुश होते थे, 'हमारे घर पर भिक्षु आया है।' लेकिन जिन लोगों को यह मालूम नहीं होता, उन्हें दरवाज़े पर भिक्षु को देखकर चिढ़ होने लगती है। उन्हें लगता है, 'सत्य के मार्ग पर चलनेवाला यह भिक्षु दरअसल पागल है इसीलिए संसार के सारे सुख छोड़कर यह सब कर रहा है।' ऐसे लोग भिक्षु को देखकर गालियाँ देना शुरू कर देते हैं। यह देखकर हर भिक्षु बिना भिक्षा लिए ही लौट जाएगा। इसका अर्थ ही है कि आप एक ऐसे इंसान को दरवाज़े से भगा रहे हैं, जो आपके लिए मंगल मैत्री कर रहा है, प्रार्थना कर रहा है। वास्तव में तो आपके जीवन में ऐसे लोग ज़्यादा से ज़्यादा होने चाहिए, जो आपके लिए मंगल मैत्री करते हैं, करुणा रखते हैं और आपके लिए प्रार्थना करते हैं।

दोस्त शब्द में 'दो' का अर्थ है 'दो लोगों का संघ' और 'स्त' का अर्थ है, 'सत्य।' दो लोग मिलकर जब सत्य पर चलते हैं तो उन्हें दोस्त कहते हैं। सच्चा दोस्त वह होता है, जो अपने मित्र को ग़लत कार्य करने से रोकता है, उसे उसके अवगुण दिखाता है, जो सत्य के मार्ग पर चलने के लिए निमित्त बनता है।

आपके मित्रों में यदि एक इंसान भी असीम और नई सोच रखता है तो उसके विचारों का लाभ आपको भी मिलता है। ऐसा इंसान यदि संघ में नवनिर्माण के विषय पर बात करे तो अन्य लोगों में तुरंत विचार मंथन शुरू हो जाता है।

'संघम् शरणम् गच्छामि' ये शब्द गौतम बुद्ध द्वारा सदियों पहले दिए गए थे क्योंकि संघ में किसी न किसी की चेतना उच्च होती ही है। जिसकी चेतना का स्तर उच्च होता है, वह औरों को सोचने के लिए मजबूर करता है और सभी के लिए निमित्त बनता है। अगर संघ का एक सदस्य किसी भी परिस्थिति में संघ के आदर्शों, नियमों पर अटल रहे तो पूरा संघ उसके बलबूते पर, उसके सहारे आगे बढ़ सकता है।

मित्रता एक ऐसा रिश्ता है जिसमें लोग ज़्यादा खुले मन से आपस में बातें कर पाते हैं। मित्रों का आपस में संघ बनाना ज़्यादा आसान है क्योंकि मित्र आपस में ज़्यादा खुल पाते हैं। लेकिन दोस्ती हमेशा उनसे की जाए जो हमसे कम से कम दो क़दम आगे हों या गुणों में (न कि पैसे में) हमारी बराबरी के हों। ग़लत मित्रों के संघ में रहकर आपके अंदर भी उनके अवगुण आने लगते हैं। ग़लत संगत की वजह से इंसान अपना नियंत्रण खो बैठता है और ऐसी बातें करने लगता है, जिससे उसका चरित्र दिन-ब-दिन गिरता जाता है। इसलिए केवल उसके साथ ही मित्रता करें, जो आपके लिए आईने का काम करते हैं। हर घटना किस तरह से एक मौक़ा है, इसका आपको दर्शन करवाते हैं। आप स्वयं कौन हैं, यह आपको दर्शाते हैं। ऐसे तेज मित्र के सामने जाकर आपको अपना दर्शन होता है। स्वयं दर्शन और मौक़ा दर्शन जहाँ पर हो, वहाँ है आपका तेज मित्र।

तेज मित्र से मिलकर आपके जीवन में जो अज्ञान, भ्रम, इंद्रजाल, मायाजाल था, वह सब हट जाता है। अब आपको अपना दर्शन साफ़-साफ़ होने लगता है। बाहर का आईना तो आपको अपने शरीर का दर्शन करवाता है मगर तेज मित्र आपको आप जो असल में हैं, उसका दर्शन करवाता है। इसलिए तेज मित्र की मित्रता को मंगल मैत्री कह सकते है। ऐसे तेज मित्र हर एक के जीवन में हों।

अध्याय 31

अंतिम समय पर मार्गदर्शन

भगवान बुद्ध ने शरीर छोड़ने से पहले सभी शिष्यों को अपना मार्ग स्वयं प्रशस्त करने के लिए प्रेरणा दी। बुद्ध के सिद्धांतों को 'गुरु' समझने की राय दी। सिद्धांत का अर्थ ही है, वह ज्ञान जो किसी सिद्ध पुरुष की अंतिम देशना यानी उपदेश है। बुद्ध के सिद्धांत, बुद्ध के मनन का निचोड़ है। बुद्धि जहाँ पर उच्चतम विकास कर रूपांतरित होती है, वहाँ से ऐसे सिद्धांत बनते हैं।

हर इंसान को बुद्धि का उच्चतम विकास करना चाहिए। जो इंसान बुद्धि का इस्तेमाल मात्र पैसे कमाने, लोगों को ठगने के लिए करता है, वह बुद्धि का निम्न उपयोग करता है। बुद्धि का उच्चतम विकास होने से आनंद का रास्ता, दुःख मुक्ति का रास्ता मिलता है।

1. बुद्धि के उच्चतम विकास द्वारा पृथ्वी लक्ष्य पाने के लिए ही इंसान का जन्म मिलता है।
2. बुद्धि के उच्चतम विकास के लिए गुरु का जीवन में आना होता है।
3. बुद्धि के उच्चतम विकास के लिए एकाग्रता, मौन, समाधि का अभ्यास होता है।
4. बुद्धि के उच्चतम विकास के लिए हरदम सजग रहना चाहिए।
5. बुद्धि के उच्चतम विकास के लिए वाणी, विचार, कर्मों का सम्यक इस्तेमाल करना चाहिए।
6. बुद्धि के उच्चतम विकास के लिए चार आर्य सत्यों पर भरपूर मनन होना चाहिए।

7. बुद्धि के उच्चतम विकास के लिए सदा पंचशील का पालन होना चाहिए।

8. बुद्धि के उच्चतम विकास के लिए दस पारमिताओं को अपने जीवन में उतारना चाहिए तथा उनका संवर्धन करना चाहिए।

9. बुद्धि के उच्चतम विकास के लिए इंसान को ऐसे संघ में रहना चाहिए जहाँ लोग प्रज्ञावान हैं। सत संगत में सत्य की बात सुनकर, देखकर बुद्धि खिल, खुल जाती है। किसी की उच्चतम उड़ान देखकर हमें भी उड़ने की प्रेरणा मिलती है।

10. बुद्धि के उच्चतम विकास के लिए इंद्रियों पर संयम रखना चाहिए।

11. बुद्धि के उच्चतम विकास के लिए धार्मिक पुस्तकों का पठन करना चाहिए।

12. बुद्धि के उच्चतम विकास के लिए लोगों की समस्याएँ सुलझाने में मदद करनी चाहिए, सेवा से अपने अंदर के गुणों को अभिव्यक्त करना चाहिए।

13. बुद्धि के उच्चतम विकास के लिए व्यर्थ की बातों में समय नहीं गँवाना चाहिए, ख़ाली समय में पुनर्विचार करना चाहिए कि जिस तरीक़े से जीवन चल रहा है, क्या उसमें कोई बदलाहट लानी चाहिए। यदि बदलाहट की आवश्यकता है तो तुरंत उस कार्य को अंजाम देना चाहिए।

14. बुद्धि के उच्चतम विकास के लिए नए प्रयोग और काम करने के नए तरीक़े इस्तेमाल करने चाहिए।

15. बुद्धि के उच्चतम विकास के लिए अपने विचारों को सकारात्मक बनाना चाहिए, नकारात्मक विचारों को अनासक्त होकर देखने की कला सीखनी चाहिए।

16. बुद्धि के उच्चतम विकास के लिए बड़ी ज़िम्मेदारियाँ लेनी चाहिए, विश्व की चिंता करनी चाहिए। सिद्धार्थ गौतम ने विश्व की चिंता की इसलिए वे बुद्धि का उच्चतम विकास करके रूपांतरित होकर 'बुद्ध' बने।

भगवान बुद्ध के महानिर्वाण के बाद सुभद्र नाम का भिक्षु बड़ा ख़ुश हुआ। वह हर एक को कहता, 'अब हम आज़ाद हैं।' बुद्ध हमेशा हमें यही कहते रहे, 'ये करो, ये मत करो लेकिन अब हम जो चाहें कर सकते हैं। अब हमें टोकनेवाला कोई नहीं।' सुभद्र का यह हाल देखकर बुद्ध के प्रमुख शिष्य महाकश्यप ने सोचा कि लोग यदि इस तरह सोचने लगे तो बहुत जल्द ही वे बुद्ध की शिक्षाओं का लाभ लेना बंद कर देंगे। बुद्ध के उपदेशों को खंडित कर देंगे। यह सोचकर उन्होंने राज्य के राजा से मिलकर एक सभा का आयोजन किया, जिसमें उन सभी प्रमुख समर्पित शिष्यों को आमंत्रित किया गया, जो बुद्ध के सिद्धांतों पर जीते थे। सभी ने बुद्ध के उपदेशों का सार उच्चारण किया। सभी बातों को कंठस्थ कर लिया गया ताकि बुद्ध के सिद्धांत सदा अमर रहें।

आगे चलकर बुद्ध के सिद्धांतों को अमर रखने में राजा अशोक का बहुत बड़ा योगदान रहा। बुद्ध के सिद्धांत बुद्धि को समझनेवाले व तर्क संगत हैं। जो बातें बुद्धि के तर्क में नहीं आतीं, उन बातों पर बुद्ध ने कभी वाद-विवाद नहीं किया। बुद्ध ने सदा मध्यम मार्ग अपनाने की सलाह दी। ज़्यादा भोजन करने से शरीर निकम्मा होता है और कम भोजन करने से मस्तिष्क कमज़ोर होता है। सम्यक बुद्धि के लिए मध्यम मार्ग हितकारी है। बुद्धि के उच्चतम विकास के लिए भगवान बुद्ध का जीवन आदर्श जीवन है।

अध्याय 32

भगवान बुद्ध की शिक्षाओं का प्रसार

सम्राट अशोक जैसे राजा के कथन में शक्ति होती है, वे जानते थे कि लोग आगे भी उनकी बात मानेंगे। वे यह भी जानते थे कि अगर वे कुछ लिखवाकर जाएँगे तो लोग उसे पढ़कर अपने जीवन में वैसा व्यवहार करने का प्रयत्न करेंगे। उनका जीवन सत्य की ही अभिव्यक्ति करेगा।

राजा अशोक द्वारा लिखवाए गए शिलालेख, स्तंभ उनके द्वारा की गई उच्चतम सेवा थी। अनेक राजा तो केवल अपनी अहंकार की कहानियाँ लिखवाकर गए मगर राजा अशोक चाहते थे कि उनकी मृत्यु के बाद भी लोग जाने कि धर्म पर चलकर ही जीवन का कल्याण होता है। उन्होंने स्तंभ, शिलालेखों पर वह सब कुछ लिखवाया, जिससे लोगों का आध्यात्मिक श्रवण भविष्य में भी चल पाए।

प्रजा धर्म अनुसार चले, इस दृष्टि से ऐसा कार्य पहले भी अनेक राजाओं ने किए थे मगर वे सफल नहीं हुए। राजा अशोक उस समय की स्थिति को भली-भाँति जानते थे। अतः वे ऐसा कुछ करना चाहते थे, जिससे उनका उद्देश्य सफल हो। वही उद्देश्य प्राप्त करने के लिए उन्होंने अपना पूरा खज़ाना लुटाकर भी वे सब कार्य पूर्ण किए।

सदियों तक चलनेवाली सीख

राजा अशोक ने बौद्ध धर्म अपनाया और एक-एक स्तंभ, शिलालेख पर उस धर्म की सिखावनियाँ लिखवाईं। परंतु राजा अशोक यह अहंकार के लिए कदापि नहीं चाहते थे। पहले वे खुद हिंसक थे, उनमें इतनी ताक़त थी कि लाठी से भी शेर को मार गिराते थे। बाद में उन्होंने ही शिकार, हत्याएँ

इत्यादि हिंसा के कार्य बंद करवाए। वे खुद शाकाहारी बन गए और प्रजा को भी शाकाहारी बनने एवं पंचशील पर चलने की प्रेरणा दी। वे चाहते थे कि ऐसा कर लोग पाप-कर्म और हिंसा से दूर हो जाएँ। लोगों के हृदय में नम्रता और पवित्रता भर जाए। उस कालखंड में अपराध के अनुसार आँखें निकलवाना, हाथ कटवाना जैसी हिंसक सजाएँ थीं। ऐसी सभी सज़ाएँ उन्होंने बंद करवा दीं ताकि किसी पर कोई अत्याचार न हो। वे अब समझ चुके थे कि भले ही कोई अपराधी हो मगर उसके साथ ऐसा क्रूर व्यवहार न किया जाए।

राजा अशोक हिंसा को समझ चुके थे। वे एक-एक भिक्षुक से पूछते, 'भगवान बुद्ध क्या कहते थे? वे क्या चाहते थे? उनकी सिखावनियाँ क्या थीं?' उस समय बुद्ध का निर्वाण हुए तक़रीबन दो-ढाई सौ साल बीत चुके थे। समय में अंतराल आया था। अत: सत्य जानने के लिए अशोक अलग-अलग लोगों से पूछताछ करते रहे। वे समझ गए कि इस विषय पर सभी एकमत नहीं हैं। कोई कुछ तो कोई कुछ और ही बताता। इसलिए उन्होंने एक परिषद बनवाई, जिसका नाम 'भिक्षुक परिषद' रखा गया। परिषद में सभी भिक्षुओं से भगवान बुद्ध की मूल शिक्षाओं के बारे में पूछताछ की जाती थी। आज की तरह उस समय रिकॉर्डिंग सिस्टम उपलब्ध नहीं था। इसी कमी के चलते लोग मूल ज्ञान में स्वार्थवश अपनी सहूलियत के अनुसार फेर-बदल (मेन्युप्युलेशन) कर देते थे, बात को घुमा-फिराकर बताते रहते।

भिक्षुक को बुद्ध की सिखावनियाँ याद हों

उस वक़्त ऐसे अनेक भिक्षुक भी परिषद से जुड़ गए थे, जो तमोगुणी थे। उन्हें सत्य से कोई लेना-देना नहीं था। ऐसा ही होता है, जब कोई बड़ा कार्य चलता है तब बहुत से अनावश्यक लोग उस कार्य से जुड़ जाते हैं। उस समय धर्मशालाएँ खोली गई थीं। परिषद के लोगों के रहने, खाने-पीने का पूरा इंतज़ाम राजकोष से हो रहा था। ऐसे में धर्मशालाओं में कुछ कामचोर लोग भी रहते थे, जो कुछ करते-धरते नहीं थे, केवल कहते रहते थे, 'हम तो भिक्षुक हैं, धर्मशाला में ही पड़े रहेंगे, आराम से रहने, खाने को मिलेगा।' राजा अशोक जान गए, 'ये स्वयं को भिक्षुक कह रहे

हैं मगर इन्हें भगवान बुद्ध की सिखावनियाँ मालूम नहीं हैं।' इसलिए उन्होंने ऐसे सभी भिक्षुओं को परिषद और धर्मशालाओं से बाहर निकाल देने का आदेश दिया। वे बुद्ध की असल सिखावानियाँ लोगों के सामने लाकर, उसका प्रचार-प्रसार करवाना चाहते थे और यही उन्होंने करवाया।

अंतर्राष्ट्रीय स्तर पर बौद्ध धर्म

उन्होंने अपने युवा एवं सक्षम हो चुके बेटे महेंद्र और बेटी संघमित्रा से बौद्ध धर्म को सभी जगहों पर पहुँचाने की अपनी इच्छा में सहभागी होने की सहमति ली। राजा ने अपने ही बच्चों को भारत, श्रीलंका, अफ़गानिस्तान, यूनान, मिश्र आदि सभी जगहों पर बौद्ध धर्म का प्रचार-प्रसार करने हेतु भेजा। बौद्ध धर्म को अंतर्राष्ट्रीय बना दिया। राजा अशोक के अंदर जज़्बात थे, 'अभी सत्य का ही कार्य होना चाहिए।' साथ ही उनके दोनों बच्चों को तो मानो जीवन का लक्ष्य ही मिल गया था। अशोक का अहंकार झुक चुका था, मन पवित्र हो चुका था इसलिए वे सत्य को फैलाने का कार्य आसानी से कर पाए। अब भिक्षुक आते तो राजा अशोक सभी के सामने उनके पैर पर सिर रखते। राज-दरबारियों को लगता कि लोगों को यह देखकर बुरा लगता है। उनके मंत्री सोचते, 'यह क्या चल रहा है?' कुछ लोग राजा अशोक को सलाह देते, 'आप झुकते हैं, इससे आपकी इज़्ज़त घटती है।' राजा अशोक शांत रहकर लोगों की सुनते रहते।

एक दिन राजा अशोक ने अपने सेवकों को राज दरबार में तीन अलग-अलग जानवरों के सिर लाने का आदेश दिया। लोग जानवरों के सिर लेकर आए। इसके बाद उन्होंने इंसान का सिर लाने की व्यवस्था करने का आदेश दिया। चूँकि हत्या करने की मनाही थी इसलिए किसी मरे हुए व्यक्ति का सिर ढूँढ़कर लाया गया। फिर अशोक ने उन सभी सिरों को बाज़ार में ले जाकर बेच आने की आज्ञा दी। सेवक बाज़ार में जानवरों के सिर तो बेच पाए परंतु इंसान का सिर वापस लेकर आ गए क्योंकि उसे ख़रीदने को कोई तैयार नहीं था। लोग जानवरों के सिर में भूसा वगैरह भरकर घरों, हवेलियों में सज़ाकर रख सकते हैं परंतु इंसान के सिर के बारे में तो यह सोच भी नहीं सकते हैं।

सेवकों ने राजा को बताया, 'जानवरों के सिर तो लोगों ने क़ीमत कम करवाकर ख़रीद लिए मगर इंसान का सिर ख़रीदने को कोई तैयार नहीं हुआ। उसकी क़ीमत कम की तो भी किसी ने नहीं ख़रीदा।' तब राजा अशोक ने उन्हें उस सिर को फिर ले जाकर मुफ़्त में किसी को देकर आने के लिए कहा। दिनभर कोशिश कर, शाम को थके-हारे सेवक वापस आ गए परंतु न इंसान का सिर बेच पाए, न ही किसी को मुफ़्त में दे पाए। इस पर राजा अशोक ने सबसे कहा, 'देख लिया, इंसान के सिर की क़ीमत कुछ भी नहीं है, शून्य है। फिर जिस सिर की क़ीमत कुछ भी नहीं, वह झुकता है तो उसमें कैसी शर्म? हर जानवर के सिर की क़ीमत है, केवल इंसान का सिर ही मूल्यहीन है। अत: जो मूल्यहीन है, उसे किसी के सामने झुकाने में क्या शर्म?' राजा के इस स्पष्टीकरण ने सभी के मन को झकझोर दिया।

इस घटना से सभी को सीख मिली कि इंसान के सिर के साथ अहंकार को लेकर क्या लाभ? मरने के बाद क्या होता है? इंसानी सिर श्मशान में दफ़न पड़ा रहता है। उसकी कोई क़ीमत नहीं, उसे कोई ख़रीदता नहीं। ऐसा सिर झुके भी तो उसमें शर्मवाली बात क्या हो सकती है!

मंत्री तो आनेवाले भिक्षुओं की जात-पात के बारे में सोचते थे। ये भिक्षुक पहले कौन थे? ब्राह्मण, क्षत्रिय, वैश्य या शूद्र? उस समय भिक्षुकों में सभी जाति के लोग समाविष्ट थे। निम्न जाति के भिक्षुओं को राजा द्वारा आदर दिए जाने पर मंत्रिगण नाराज़ होते थे। इसलिए सबको सबक़ सिखाने हेतु अशोक ने सिर बिकवाने का नाटक किया और लोगों को समझ में आ गया कि भिक्षुकों के सम्मान में, उनके सामने राजा के सिर झुकाने पर टोकने की ज़रूरत नहीं है।

आज आप भारत के ध्वज, मुद्रा और सिक्कों पर राजा अशोक के स्तंभ और अशोक चक्र को देखते हैं। क्या कभी आपने सोचा है कि यह सब क्यों हो पाया? अव्यक्तिगत (इम्पर्सनल) कार्य से ही सबका भला हो सकता है।

अध्याय 33

भगवान बुद्ध के अन्य उपदेश

स्वच्छ मन - मलिन मन

1. जब आदमी मलिन मन से बोलता व कार्य करता है तब दुःख उसके पीछे-पीछे वैसे ही हो लेता है, जैसे गाड़ी के पहिए बैल के पैरों के पीछे-पीछे चलते हैं।

2. जब आदमी स्वच्छ मन से बोलता व कार्य करता है तब सुख उसके पीछे-पीछे वैसे ही हो लेता है, जैसे कभी साथ न छोड़नेवाली छाया आदमी के पीछे-पीछे चलती है।

वैर - शांति

3. 'मुझे गाली दी', 'मुझे मारा', 'मुझे हराया', 'मुझे लूट लिया', जो ऐसी बातें सोचते रहते हैं, उनका वैर कभी शांत नहीं होता।

4. 'मुझे गाली दी', 'मुझे मारा', 'मुझे हराया', 'मुझे लूट लिया', जो ऐसी बातें नहीं सोचते, उन्हीं का वैर शांत हो जाता है।

5. वैर, वैर से कभी शांत नहीं होता, अवैर से ही वैर शांत होता है, यही संसार का सनातन नियम है।

काम - भोग

6. जो काम-भोग में रत है, जिसकी इंद्रियाँ उसके क़ाबू में नहीं हैं, जिसे भोजन की उचित मात्रा का ज्ञान नहीं है, जो आलसी है, जो उद्योगहीन है, उसे मार (शैतान) वैसे ही गिरा देता है, जैसे वायु दुर्बल वृक्ष को।

7. जो काम–भोग में रत नहीं है, जिसकी इंद्रियाँ उसके क़ाबू में हैं, जिसे भोजन की उचित मात्रा का ज्ञान है, जो श्रद्धावान तथा उद्योगी है, उसे मार (शैतान) वैसे ही नहीं हिला सकता, जैसे वायु हिमालय पर्वत को।

संयम

8. यदि घर की छत ठीक न हो तो जिस प्रकार उसमें वर्षा का प्रवेश हो जाता है, उसी प्रकार यदि संयम का अभ्यास न हो तो मन में राग प्रविष्ट हो जाता है।

9. यदि घर की छत ठीक हो तो जिस प्रकार उसमें वर्षा का प्रवेश नहीं होता, उसी प्रकार यदि संयम का अभ्यास हो तो मन में राग प्रविष्ट नहीं होता।

पाप कर्म - शुभ कर्म

10. पापी मनुष्य दोनों जगह शोक करता है, यहाँ भी और परलोक में भी। अपने दुष्ट कर्म को देखकर वह शोक करता है, पीड़ित होता है।

11. शुभ कर्म करनेवाला मनुष्य दोनों जगह प्रसन्न रहता है, यहाँ भी और परलोक में भी। अपने शुभ कर्म को देखकर वह मुदित (आनंदित) होता है, प्रमुदित होता है।

12. पापी मनुष्य दोनों जगह संतप्त होता है, यहाँ भी और परलोक में भी। 'मैंने पाप किया है', ऐसा सोचकर संतप्त होता है, दुर्गति को प्राप्त होकर और भी संतप्त होता है।

13. शुभ कर्म करनेवाला मनुष्य दोनों जगह आनंदित होता है, यहाँ भी और परलोक में भी। 'मैंने शुभ कर्म किया है', सोचकर वह आनंदित होता है, सुगति को प्राप्त होकर और भी आनंदित होता है।

धर्म ग्रंथ का पाठ

14. धर्म–ग्रंथों का कितना ही पाठ करें लेकिन यदि प्रमाद (आलस्य, सुस्ती) के कारण मनुष्य उन धर्म–ग्रंथों के अनुसार आचरण नहीं

करता तो दूसरों की गाएँ गिननेवाले ग्वाले की तरह वह श्रवणत्व का भागी नहीं होता।

15. धर्म-ग्रंथों का चाहे थोड़ा ही पाठ करें लेकिन यदि राग, द्वेष तथा मोह से रहित कोई इंसान धर्म के अनुसार आचरण करता है तो ऐसा बुद्धिमान, अनासक्त, यहाँ-वहाँ दोनों जगह भोगों के पीछे न भागनेवाला इंसान ही श्रवणत्व का भागी होता है।

ब्राह्मण

16. जो पूर्व-जन्म को जानता है, जो स्वर्ग और नर्क का असली अर्थ समझता है, जिसका पुनः जन्म (व्यक्ति, अहंकार का जन्म) क्षीण हो गया, जो अभिज्ञावान है, जिसने निर्वाण प्राप्त कर लिया है, उसे मैं ब्राह्मण कहता हूँ।

चित्त

17. बुद्धिमान मनुष्य दुष्करता से दिखाई देनेवाले, अत्यंत चालाक, जहाँ चाहे वहाँ चले जानेवाले चित्त की रक्षा करें। सँभालकर रखा गया चित्त सुख देनेवाला होता है।

18. जिसका चित्त स्थिर नहीं, जो सद्धर्म को जानता नहीं, जिसका चित्त प्रसन्न नहीं, वह कभी प्रज्ञावान नहीं हो सकता।

19. जिसका चित्त मल रहित है, स्थिर है, जो पाप-पुण्य विहीन है, उस जागरूक पुरुष के लिए भय नहीं है।

20. शरीर को धड़ के समान (नश्वर) और चित्त को नगर के समान जानकर, प्रज्ञारूपी हथियार लेकर मार (शैतान) से युद्ध करें। जीत लेने पर भी चित्त की रक्षा करें तथा अनासक्त रहें।

कुमार्ग - सन्मार्ग

21. शत्रु, शत्रु की और वैरी, वैरी की जितनी हानि करता है, कुमार्ग की ओर गया हुआ चित्त मनुष्य की उससे कहीं अधिक हानि करता है।

22. न माता-पिता, न दूसरे रिश्तेदार आदमी की उतनी भलाई करते हैं, जितनी भलाई सन्मार्ग की ओर गया हुआ चित्त करता है।

आसक्त

23. राग आदि पुष्पों के चुनने में आसक्त आदमी को मृत्यु वैसे ही बहा ले जाती है, जैसे सोए हुए गाँव को नदी की बढ़ी बाढ़।

24. राग आदि पुष्पों के चुनने में आसक्त आदमी को यमराज काम भोगों में अतृप्त अवस्था में ही अपने बश में कर लेता है।

कृत - अकृत

25. न दूसरों के दोष, न दूसरों के कृत-अकृत को देखें। आदमी को चाहिए कि वह अपने ही कृत-अकृत को देखे।

पुष्प

26. जिस प्रकार सुंदर वर्णयुक्त किंतु गंध रहित पुष्प होता है, उसी प्रकार कथनानुसार कार्य न करनेवाले की सुभाषित वाणी निष्फल होती है।

27. जिस प्रकार सुंदर वर्णयुक्त और सुगंध युक्त पुष्प होता है, उसी प्रकार कथनानुसार कार्य करनेवाले की सुभाषित वाणी सफल होती है।

28. जिस प्रकार कोई फूलों के ढेर में से बहुत सारी मालाएँ गूँथे, उसी प्रकार संसार में पैदा हुए प्राणी को चाहिए कि वह बहुत से शुभ कर्म करे।

29. न तो पुष्पों की सुगंध, न चंदन की सुगंध, न तगर व चमेली की सुगंध हवा के विरुद्ध जाती है लेकिन सत्पुरुषों की सुगंध हवा के विरुद्ध भी जाती है। सत्पुरुष सभी दिशाओं में अपनी सुगंध फैलाते हैं।

30. चंदन, तगर, कमल या जूही, इन सभी की सुगंधियों से सदाचार की सुगंध बढ़कर है।

31. यह जो तगर और चंदन की गंध है, यह अल्प मात्र है। सदाचारियों की उत्तम सुगंध देवताओं तक फैलती है।

मूर्ख इंसान

32. जागते रहनेवाले की रात लंबी हो जाती है। थके हुए का योजन लंबा हो जाता है। इसी प्रकार सद्धर्म को न जाननेवाले मूर्ख आदमी का संसार (आवागमन) लंबा हो जाता है।

33. 'पुत्र मेरे हैं', 'धन मेरा है', यह सोच मूर्ख आदमी दुःख पाता है। जब शरीर तक अपना नहीं तो कहाँ पुत्र और कहाँ धन!

34. यदि मूर्ख आदमी खुद को मूर्ख समझे तो उतने अंश में तो वह बुद्धिमान है। असली मूर्ख तो वह है, जो मूर्ख होते हुए अपने आपको बुद्धिमान समझता है।

35. मूर्ख दुर्बद्धि लोग पाप कर्म करते हुए, जिसका फल कड़वा होता है, अपने आप अपने शत्रु की तरह आचरण करते हैं।

36. जब तक पाप कर्म फल नहीं देता तब तक मूर्ख आदमी उसे मधु की तरह मीठा समझता है लेकिन जब पाप कर्म फल देता है तब उसे दुःख होता है।

37. पाप कर्म ताज़े दूध की भाँति तुरंत विकार नहीं लाता। वह, भस्म से ढँकी आग की तरह जलाता हुआ, मूर्ख आदमी का पीछा करता है।

38. मूर्ख आदमी का जितना ज्ञान है, सब उसके लिए अनर्थकर होता है। जो उसकी प्रज्ञा को गिराकर उसके शुभ कर्मों का नाश कर देता है।

39. अप्रस्तुत वस्तु की चाह करता है, भिक्षुओं में बड़ा बनने की चाह करता है, मठों और विहारों का स्वामी बनने की चाह करता है। वह दूसरे कुलों में पूजित होना चाहता है, 'गृहस्थ और प्रव्रजित (दीक्षित) दोनों मेरा ही किया मानें' चाहता है, 'कृत्य-अकृत्यों में मुझ पर ही निर्भर रहें' चाहता है, इसी प्रकार के संकल्प करनेवाले मूर्ख आदमी की इच्छाएँ और अभिमान बढ़ता है।

पछताना

40. उस काम का करना अच्छा नहीं, जिसे करके पीछे पछताना पड़े और जिसके फल को रोते हुए भोगना पड़े।

41. उस काम का करना अच्छा है, जिसे करके पीछे पछताना न पड़े और जिसका फल प्रसन्नचित्त होकर भोगने को मिले।

सत्पुरुष, पंडित

42. जो आदमी अपना दोष दिखानेवाले को (भूमि में छिपे) धन दिखानेवाले की तरह समझे, जो संयम के समर्थक, मेधावी पंडित की संगति करे, उस आदमी का कल्याण ही होता है, अकल्याण नहीं।

43. जो उपदेश दे, अनुशासन करे, अनुचित कार्य से रोके, वह सत्पुरुषों को प्रिय होता है और असत्पुरुषों को अप्रिय।

44. न दुष्ट मित्रों की संगति करें, न अधम पुरुषों की संगति करें। अच्छे मित्रों की संगति करें, उत्तम पुरुषों की संगति करें।

45. धर्म रस का पान करनेवाला प्रसन्नचित्त होकर सुखपूर्वक सोता है। पंडित जन सदा आर्यों के बताए धर्म में रमण करते हैं।

46. जिस प्रकार ठोस पहाड़ हवा से नहीं डोलता, उसी प्रकार पंडित निंदा और प्रशंसा से कंपित नहीं होते।

47. सत्पुरुष कहीं आसक्त नहीं होते। वे काम भोगों के लिए बातें नहीं बनाते। उन्हें चाहे दुःख हो, चाहे सुख, पंडितजन विकार को प्राप्त नहीं होते।

48. अधर्म से न अपने लिए पुत्रधन या राष्ट्र की इच्छा करें, न दूसरे के लिए। जो अधर्म से अपनी उन्नति नहीं चाहता, वही सदाचारी, प्रज्ञावान और धार्मिक है।

49. जो अंधश्रद्धा रहित है, जिसने निर्वाण को जान लिया है, जिसने बंधन को काट दिया है, जिसके पुनर्जन्म की गुंजाइश नहीं, जिसने विषय-भोग की आशा को त्याग दिया है, वही उत्तम पुरुष है।

50. जो पार पहुँचते हैं वे तो मनुष्यों में थोड़े ही हैं, बाक़ी आदमी तो किनारे पर ही दौड़ते रहते हैं।

51. जो संचय नहीं करते, जिन्हें भोजन की उचित मात्रा ज्ञात है, शून्यतास्वरूप तथा निमित्त रहित निर्वाण जिनका लक्ष्य है, उनकी

गति उसी प्रकार अज्ञात है, जिस प्रकार आकाश में पक्षियों की गति।

अनासक्त

52. रमणीय वन जहाँ साधारण लोग रमण नहीं करते, वहाँ वीतरागी (अनासक्त) रमण करते हैं क्योंकि वे काम-भोगों के पीछे दौड़नेवाले नहीं होते।

जीत

53. एक आदमी संग्राम में लाखों आदमियों को जीत ले और दूसरा अपने आपको जीत ले तो यह दूसरा आदमी ही सच्चा संग्राम विजयी है।

54. दूसरों को जीतने की अपेक्षा अपने आपको ही जीतना श्रेष्ठ है। जिस आदमी ने स्वयं का दमन कर लिया, जो अपने आपको नित्य संयत रखता है, उस आदमी की जीत को न देवता, न गंधर्व, न ब्रह्मा सहित मार ही, हार में परिणत कर सकते हैं।

यज्ञ

55. एक आदमी दक्षिणा देकर महीने-महीने, सौ वर्ष तक यज्ञ करे और दूसरा आदमी किसी परिशुद्ध मनवाले का मुहूर्तभर भी सत्कार करे तो सौ वर्ष के हवन से वह मुहूर्तभर की पूजा ही श्रेष्ठ है।

56. एक आदमी सौ वर्ष तक वन में यज्ञ करे और एक दूसरा आदमी किसी परिशुद्ध मनवाले का मुहूर्तभर भी सत्कार करे। सौ वर्ष के यज्ञ से वह मुहूर्तभर की पूजा ही श्रेष्ठ है।

57. पुण्य की इच्छा से वर्षभर जो यज्ञ और हवन करे, वह सब सरल-चित्त को किए गए अभिवादन के चौथे हिस्से के बराबर भी नहीं है। सरलचित्त पुरुषों को किया गया अभिवादन ही श्रेष्ठ है।

श्रेष्ठ जीवन

58. जो अभिवादनशील है, जो नित्य बड़ों की सेवा करता है, उसकी आयु, वर्ण, सुख तथा बल में वृद्धि होती है।

59. दुराचारी और चित्त की एकाग्रता से हीन व्यक्ति के सौ वर्ष के जीवन से सदाचारी और ध्यानी का एक दिन का जीवन श्रेष्ठ है।

60. दुष्प्रज्ञ (अज्ञानी) और चित्त की एकाग्रता से हीन व्यक्ति के सौ वर्ष के जीवन से प्रज्ञावान और ध्यानी का एक दिन का जीवन श्रेष्ठ है।

61. आलसी और अनुद्योगी के सौ वर्ष के जीवन से दृढ़तापूर्वक उद्योग करनेवाले का एक दिन का जीवन श्रेष्ठ है।

62. उत्पत्ति और विनाश पर विचार न करते हुए सौ वर्ष तक जीने से उत्पत्ति और विनाश पर विचार करते हुए एक दिन का जीना श्रेष्ठ है।

63. उत्तम धर्म की ओर ध्यान न देते हुए सौ वर्ष के जीने से उत्तम धर्म की ओर ध्यान देते हुए एक दिन जीना श्रेष्ठ है।

पाप - पुण्य

64. शुभ कर्म करने में जल्दी करें, पापों से मन को हटाएँ। शुभ कर्म करने में ढील करने पर मन पाप में रत होने लगता है।

65. यदि पाप करें तो उसे बार-बार न करें, उसमें रत न हों। पाप का संचय दुःख का कारण होता है।

66. यदि शुभ कर्म करें तो उसे बार-बार करें, उसमें रत हों। पुण्य का संचय सुख का कारण होता है।

67. पापी को भी तब तक भला लगता है, जब तक पाप फल नहीं देता। जब पाप फल देता है तब उसे बुरा लगता है।

68. पुण्य करनेवाले को भी तब तक बुरा लगता है, जब तक पुण्य फल नहीं देता। जब पुण्य फल देता है तब उसे अच्छा लगता है।

69. 'मेरे पास न आएगा', सोचकर पाप की अवहेलना न करें। बूँद-बूँद पानी गिरने से घड़ा भर जाता है। मूर्ख आदमी थोड़ा-थोड़ा पाप इकट्ठा कर लेता है।

70. थोड़े काफ़िले और बहुत धनवाला व्यापारी भययुक्त मार्ग को छोड़ देता है अथवा जीने की इच्छावाला विष को छोड़ देता है। उसी प्रकार मनुष्य पापों को छोड़ दे।

71. यदि हाथ में घाव न हो तो हाथ में विष लिया जा सकता है क्योंकि घावरहित हाथ में विष नहीं चढ़ता। (इसी प्रकार संसार से आसक्ति न करनेवाले को पाप नहीं लगता।)

72. जो शुद्ध, निर्मल, दोषरहित मनुष्य को दोषी ठहराता है, उस दोषी ठहरानेवाले मूर्ख को ही पाप लगता है। जैसे हवा की दिशा के विरुद्ध फेंकी हुई सूक्ष्म धूलि फेंकनेवाले पर ही पड़ती है।

73. कोई संसार में उत्पन्न होते हैं। पापी नर्क में जाते हैं। शुभ कर्मी स्वर्ग में जाते हैं और जो चित्त के मलों से रहित हैं, वे निर्वाण को प्राप्त होते हैं।

74. न आकाश में, न समुद्र की तह में, न पर्वतों के गहर में - संसार में कहीं कोई ऐसी जगह नहीं है, जहाँ रहकर आदमी पाप कर्म के फल से बच सके।

75. पाप कर्म करता हुआ मूर्ख आदमी कभी नहीं बूझता। दुर्बुद्ध अपने उन्हीं कर्मों के कारण आग से जलते हुए की तरह तपता है।

मृत्यु

76. न आकाश में, न समुद्र की तह में, न पर्वतों के गहर में - संसार में कहीं कोई ऐसी जगह नहीं है, जहाँ रहनेवाला मृत्यु से बच सके।

77. सभी दंड से डरते हैं, सभी को मृत्यु से भय लगता है, सभी को जीवन प्रिय है। इसलिए सभी को अपने जैसा समझकर न किसी को मारें, न मरवाएँ।

78. न पुत्र रक्षा कर सकते हैं, न पिता, न रिश्तेदार। जब मृत्यु पकड़ती है तब रिश्तेदार नहीं बचा सकते।

सुख

79. सुख की चाह से जो सुख चाहनेवाले प्राणियों को डंडे से मारता है, वह मरकर भी सुख नहीं पाता है।

80. थोड़े से सुख के परित्याग से यदि बहुत सुख की प्राप्ति दिखाई दे तो

बुद्धिमान इंसान को चाहिए कि वह बहुत सुख का ख़याल करके, थोड़े सुख को छोड़ दे।

कठोर वचन

81. किसी से कठोर वचन मत बोलो, दूसरे तुमसे कठोर वचन बोलेंगे। दुर्वचन दुःखदायी होते हैं। बोलने के बदले में तुम दंड पाओगे।

82. यदि पीट जाने पर (टूटे) कांसे की तरह अपने आपको निःशब्द रखो तो तुमने निर्वाण पा लिया, तुम्हारे लिए कलह नहीं रहा।

83. जो दंडरहितों को दंड से पीड़ित करता है या दोष रहितों को दोष लगाता है, उसे इन दस बातों में से कोई एक बात शीघ्र ही होती है - 1. तीव्र वेदना, 2. हानि, 3. अंग-भंग, 4. बीमारी, 5. पागलपन, 6. राजदंड, 7. कड़ी निंदा, 8. रिश्तेदारों का विनाश, 9. भोगों का क्षय और 10. आग उसके घर को जला देती है।

शुद्धि, श्रमण

84. न नंगे रहने से, न जटा धारण करने से, न कीचड़ लपेटने से, न उपवास करने से, न कड़ी भूमि पर सोने से, न धूल लपेटने से, न उकडू (कुक्कुट आसन में) बैठने से ही उस आदमी की शुद्धि होती है, जिसके संदेह बाक़ी हैं।

85. अलंकृत होते हुए भी यदि उसका आचरण सम्यक है, यदि वह शांत है, यदि वह नियत ब्रह्मचारी है और यदि उसने सभी प्राणियों के प्रति दंड त्याग दिया है तो वही ब्राह्मण है, वही श्रमण है, वही भिक्षु है।

86. कुछ आदमी ऐसे होते हैं, जिन्हें उनकी अपनी लज्जा निषिद्ध कर्म करने से रोक लेती है। जिस प्रकार उत्तम घोड़ा चाबुक सह नहीं सकता, उसी प्रकार वे निंदा सह नहीं सकते।

शरीर

87. इस विचित्र शरीर को देखो, जो व्रणों से युक्त है, जो फूला है, जो

रोगी है, जो नाना प्रकार के संकल्पों से युक्त है, जिसकी स्थिति निश्चित नहीं है।

88. यह शरीर जीर्ण-शीर्ण है, रोग का घर है, भंगुर (अनित्य, अस्थायी) है, सड़कर भग्न होनेवाला है, सभी जीवितों को मरना होता है।

अज्ञान

89. अज्ञानी पुरुष बैल की तरह बढ़ता जाता है। उसका मांस बढ़ता है, प्रज्ञा नहीं।

तृष्णा

90. गृहकारक को ढूँढ़ते हुए मैं अनेक जन्मों तक लगातार संसार में दौड़ता रहा। बार-बार जन्म लेना दुःख है। गृहकारक! तू दिखाई दे गया। अब फिर घर नहीं बन सकेगा। तेरी सब कड़ियाँ टूट गईं। घर का शिखर बिखर गया। चित्त संस्कार रहित हो गया। तृष्णाओं का क्षय हो गया।

स्वामित्व

91. आदमी अपना स्वामी आप है, दूसरा कौन स्वामी हो सकता है? अपने आपको दमन (संयम) करनेवाला दुर्लभ स्वामित्व को पाता है।

शुद्धि - अशुद्धि

92. अपना किया पाप अपने को मलिन करता है, अपना न किया पाप अपने को शुद्ध करता है। प्रत्येक आदमी की शुद्धि-अशुद्धि अलग-अलग है। एक आदमी दूसरे को शुद्ध नहीं कर सकता।

स्वर्ग

93. यह संसार अंधा है। यहाँ थोड़े ही देखते हैं। जाल से मुक्त पक्षियों की तरह थोड़े ही लोग स्वर्ग जाते हैं।

बुद्धों की शिक्षा

94. पाप कर्म न करना, शुभ कर्म करना, चित्त परिशुद्ध रखना, यही है बुद्धों की शिक्षा।

95. किसी की निंदा न करना, किसी का घात न करना, भिक्षु नियमों का पालन करना, उचित मात्रा में भोजन करना, एकांत में सोना-बैठना, चित्त को योग-अभ्यास में लगाना, यही है बुद्धों की शिक्षा।

96. भय के मारे मनुष्य पर्वत, वन, उद्यान, वृक्ष, चैत्य आदि बहुत चीज़ों की शरण ग्रहण करते हैं। लेकिन यह शरण ग्रहण करना कल्याणकर नहीं, उत्तम नहीं। इन शरणों को ग्रहण करके कोई सारे के सारे दुःख से मुक्त नहीं हो सकता।

97. जो बुद्ध, धर्म, संघ की शरण ग्रहण करता है, जो चारों आर्य सत्यों को भली प्रकार प्रज्ञा से देखता है - 1. दुःख, 2. दुःख की उत्पत्ति, 3. दुःख का विनाश और 4. दुःख का उपशमन (समाप्त) करनेवाला आर्य - अष्टांगिक मार्ग - उसका यह शरण ग्रहण करना कल्याणकर है, यही शरण उत्तम है। इस शरण को ग्रहण करके मनुष्य सब दुःखों से मुक्त होता है।

श्रेष्ठ पुरुष

98. श्रेष्ठ पुरुष का जन्म दुर्लभ है, वह सब जगह पैदा नहीं होता। जिस कुल में वह धीर पैदा होता है, उस कुल में सुख की वृद्धि होती है।

99. बुद्धों का पैदा होना सुखकर है, सद्धर्म का उपदेश सुखकर है, संघ में एकता का होना सुखकर है और सुखकर है मिलकर तप करना।

100. वैर करनेवाले मनुष्यों में अवैरी बने रहकर हम सुखपूर्वक जीते हैं। वैरी मनुष्यों में हम अवैरी बनकर विचरते हैं।

101. रोगी मनुष्यों में रोग रहित होकर हम सुखपूर्वक जीते हैं। रोगी मनुष्यों में हम स्वस्थ बनकर विचरते हैं।

102. निरोग रहना परम लाभ है, संतुष्ट रहना परम धन, विश्वास सबसे बड़ा बंधु है, निर्वाण सबसे बड़ा सुख।

सुख - दुःख

103. राग के समान अग्नि नहीं, द्वेष के समान मल नहीं। पाँच स्कंधों (पंच इंद्रियों से चिपकाव) के समान दुःख नहीं। शांति से बढ़कर सुख नहीं।

104. सत्पुरुषों का दर्शन करना अच्छा है, सत्पुरुषों की संगति सदा सुखकर है और मूर्खों का दर्शन न होने से ही आदमी सदा सुखी रहता है।

105. मूर्खों की संगति करनेवाला दीर्घ काल तक शोक करता है, मूर्खों की संगति शत्रु की संगति की तरह सदा दुःखदायी होती है और धैर्यवानों की संगति बंधुओं की संगति की तरह सुखदायी होती है।

106. काम पड़ने पर मित्र सुखकर है, जिस-तिस चीज़ से संतुष्ट रहना सुखकर है, जीवन के क्षय होने के समय पुण्य सुखकर है लेकिन सबसे बढ़कर सुखकर है, सारे दुःखों का नाश।

प्रिय - अप्रिय

107. प्रियों का साथ मत करो और अप्रियों का साथ कभी न करो। प्रियों का अदर्शन और अप्रियों का दर्शन दुखद होता है। इसलिए किसी को प्रिय न बनाएँ, प्रिय का नाश बुरा लगता है; उनके दिल में गाँठ नहीं होती, जिनके प्रिय-अप्रिय नहीं होते।

108. प्रिय से शोक और भय उत्पन्न होता है। जो प्रिय से मुक्त है, उसे शोक नहीं, भय कहाँ से होगा?

109. प्रेम, काम, राग, तृष्णा से शोक उत्पन्न होता है। जो इनसे मुक्त है, उसे भय कहाँ से होगा?

सत्यवादी

110. जो शीलवान है, जो विद्वान है, जो धर्म में स्थित है, जो सत्यवादी है और जो अपने काम को पूर्ण करनेवाला है, ऐसे इंसान से लोग प्यार करते हैं।

111. जिसे निर्वाण की अभिलाषा है, जिसने उसे मन से स्पर्श किया

है, जिसका चित्त काम-भोगों में संलग्न नहीं है, वह ऊर्ध्व स्रोत (उच्चतम स्रोत) कहलाता है।

झूठ - सत्य

112. क्रोध को अक्रोध से, बुराई को भलाई से, कंजूसी को दान से और झूठ को सत्य से जीतें।

113. जो क्रोध को छोड़ दे, अभिमान को छोड़ दे, सब बंधनों को पार कर जाए, ऐसे इंसान को जो नाम-रूप में आसक्त न हो, जो परिग्रह (ज़रूरत से ज़्यादा इकट्ठा करने की वृत्ति) रहित हो, उसे दुःख नहीं सताते।

निंदा

114. हे अतुल! यह पुरानी बात है, आज की नहीं। चुप बैठे रहनेवाले की भी निंदा होती है, बहुत बोलनेवाले की भी निंदा होती है, कम बोलनेवाले की भी निंदा होती है, दुनिया में ऐसा कोई नहीं, जिसकी निंदा न होती हो।

115. ऐसा इंसान जिसकी या तो बिलकुल प्रशंसा ही प्रशंसा होती है या निंदा ही निंदा; न हुआ, न है, न होगा।

सदाचरण

116. काया, वाणी, मन की चंचलता से बचें। इन पर संयम रखें, शरीर वाणी और मन का दुश्चरित्र छोड़कर सदाचरण करें।

117. जो काया, वाणी, मन से संयत (नियंत्रण) हैं, वे ही अच्छी तरह से संयत कहे जा सकते हैं।

118. जिस प्रकार लोहे से उत्पन्न मोर्चा लोहे से पैदा होकर लोहे को ही खा डालता है, उसी प्रकार अति चंचल मनुष्य के अपने ही कर्म उसे दुर्गति को ले जाते हैं।

मल

119. आवृत्ति न करना वेद मंत्रों का मल है, मरम्मत न करना घरों का मल है, आलस्य शरीर के सौंदर्य का मल है और असावधानी पहरेदार का मल है। दुश्चरित्र होना स्त्री का मल है, कंजूस होना दाता का मल है। लेकिन इन सब मलों से बढ़कर मल है - अविद्या। भिक्षुओ! इस मल को छोड़कर निर्मल बनो।

120. जो हिंसा करता है, झूठ बोलता है, जो चोरी करता है, जो परायी स्त्री के पास जाता है और जो मद्यपान करता है, वह इंसान यहीं इसी लोक में अपनी जड़ खोदता है।

दान

121. लोग अपनी-अपनी श्रद्धा और प्रसन्नता के अनुसार दान देते हैं, जो दूसरों के खाने-पीने में असंतोष प्रकट करता है, उसे न रात को शांति प्राप्ति होती है, न दिन को। लेकिन जिसमें यह भाव जड़ से जाता रहा है, वह रात को भी, दिन को भी, सदा शांति से रहता है।

राग, द्वेष, मोह, तृष्णा

122. राग के समान आग नहीं, द्वेष के समान ग्रह नहीं, मोह के समान जाल नहीं और तृष्णा के समान नदी नहीं।

123. दूसरों के दोष देखना आसान है, अपने दोष देखना कठिन। इंसान दूसरों के दोषों को तो भूसे (तिनके) की भाँति उड़ाता है किंतु अपने दोषों को ऐसे ढँकता है, जैसे बेईमान जुआरी पाँसे को।

124. दुराचरण युक्त मनुष्य दूसरों से भीख माँगनेवाला होने मात्र से भिक्षु नहीं होता।

भिक्षु

125. जो पाप और पुण्य से परे हो गया है, जो ब्रह्मचारी है, जो ज्ञानपूर्वक लोक में विचरता है, वह भिक्षु है।

126. मार्गों में अष्टांगिक मार्ग श्रेष्ठ है, सत्यों में चार आर्य सत्य श्रेष्ठ हैं, धर्म में वैराग्य श्रेष्ठ है और चक्षुमान (बुद्ध) श्रेष्ठ हैं।

आलस्य

127. जो उद्योग नहीं करता, युवा और बली होकर भी आलस्य से युक्त है, जिसका मन व्यर्थ के संकल्पों से भरा है, ऐसा आलसी इंसान प्रज्ञा के मार्ग को प्राप्त नहीं कर सकता।

कामना

128. जब तक पुरुष में स्त्री की अणु मात्र भी कामना बनी रहती है, तब तक वह वैसे ही बँधा रहता है, जैसे दूध पीनेवाला बछड़ा अपनी माँ से।

129. पुत्र और पशु में आसक्त चित्त मनुष्य को मृत्यु वैसे ही ले जाती है, जैसे : सोए गाँव को नदी की बढ़ी बाढ़।

जागरूक शिष्य

130. जिनकी दिन-रात बुद्ध, धर्म, संघ, कार्य, अहिंसा में रत, योग-अभ्यास भावना में स्मृति बनी रहती है, गौतम बुद्ध के वे शिष्य ख़ूब जागरूक रहते हैं।

131. जो श्रद्धावान हैं, जो सदाचारी हैं, जो यशस्वी हैं, जो संपत्तिशाली हैं, वे जहाँ-जहाँ जाते हैं, वहाँ-वहाँ सत्कार पाते हैं।

132. सत्पुरुष हिमालय पर्वत की तरह दूर से प्रकाशित होते हैं, असत्पुरुष रात में फेंके बाण की तरह दिखाई नहीं देते।

असत्यवादी

133. असत्यवादी नर्क में जाता है। जो करके 'नहीं किया' कहता है, वह भी नर्क में जाता है। दोनों ही प्रकार के नीच कर्म करनेवाले मरकर बराबर हो जाते हैं।

समय

134. जैसे सीमांत देश का गढ़ (नगर) अंदर-बाहर से सुरक्षित होता है, उसी तरह से अपनी सँभाल करें, एक क्षण भी न जाने दें। समय हाथ से चले जाने पर नर्क में पड़कर शोक करना होता है।

लज्जा, अभय, अदोष

135. अलज्जा के काम में जो लज्जा करते हैं, लज्जा के काम में जो लज्जा नहीं करते, ऐसे झूठी धारणावाले प्राणी दुर्गति को प्राप्त होते हैं।

136. अभय के स्थान में जो भय करते हैं, भय में जो भय रहित रहते हैं, ऐसे झूठी धारणावाले प्राणी दुर्गति को प्राप्त होते हैं।

137. अदोष को जो दोष समझते हैं, दोष को जो अदोष समझते हैं, ऐसे झूठी धारणावाले प्राणी दुर्गति को प्राप्त होते हैं।

138. दोष को जो दोष करके जानते हैं, अदोष को अदोष, ऐसे ठीक धारणावाले प्राणी सुगति को प्राप्त होते हैं।

कटु वाक्य

139. जैसे युद्ध में हाथी धनुष से गिरे बाण को सहन करता है, वैसे ही मैं कटु वाक्यों को सहूँगा क्योंकि संसार में दुर्जन बहुत हैं।

140. शिक्षित हाथी को युद्ध में ले जाते हैं, शिक्षित हाथी पर राजा चढ़ता है, मनुष्यों में शिक्षित मनुष्य श्रेष्ठ है, जो कटु वाक्यों को सह सकता है।

बंधन

141. जो आलसी, बहुत खानेवाला, निद्रालु, करवट बदल-बदलकर सोनेवाला, दाना खाकर पले मोटे सूअर की भाँति होता है, वह मंद गति बार-बार गर्भ (बंधन) में पड़ता है।

142. जिसके मन में बहुत संकल्प-विकल्प उठते हैं, जिसके मन में तीव्र

राग है, जो शुभ ही शुभ देखता है, उसकी तृष्णा बढ़ती है, वह अपने बंधन को और भी दृढ़ करता है।

143. जो संकल्प-विकल्प को शांत करने में लगा है, जो जागरूक रहकर सदा अशुभ को देखता है, वह मार के बंधन को काटेगा, वही उसे नष्ट करेगा।

सेवा

144. संसार में मातृ-सेवा सुखकर है और सुखकर है पितृ-सेवा। संसार में श्रवणत्व (संन्यास) सुखकर है और सुखकर है निष्पाप होना (ब्रह्मणत्व)।

सुखकर

145. बुढ़ापे तक सदाचारी रहना सुखकर है, स्थिर-श्रद्धा सुखकर है, प्रज्ञा की प्राप्ति सुखकर है और सुखकर है पापों का न करना।

तृष्णा

146. जिस प्रकार जब तक जड़ पूरी तरह नहीं उखड़ जाती तब तक कटा हुआ वृक्ष भी उग जाता है। उसी प्रकार जब तक तृष्णा पूरी तरह नष्ट नहीं हो जाती तब तक बार-बार दुःख पैदा होता रहता है।

झूठी धारणा

147. जिस आदमी के छत्तीस स्रोत, मन को अच्छी लगनेवाली चीज़ों की ही ओर जाते हों, उस झूठी धारणावाले आदमी को उसके रागाश्रित संकल्प बहाकर ले जाते हैं।

धर्म दान

148. धर्म का दान सब दानों से बढ़कर है, धर्म रस सब रसों से बढ़कर है, धर्म रति सब रतियों से बढ़कर है।

भिक्षु कौन है

149. आँख, कान, नाक, जिह्वा, शरीर, हाथ-पाँव और वाणी से जो संयत है, जो समाधियुक्त है, जो अकेला रहता है, जो मनन करके बोलता है, जो उद्धत नहीं है, जो अर्थ व धर्म को प्रकट करता है, जिसका भाषण मधुर होता है, जो संतुष्ट है, उसे भिक्षु कहते हैं।

150. अपने लाभ की अवहेलना न करें और न दूसरे के लाभ की स्पृहा (रुकावट)। दूसरे के लाभ की स्पृहा करनेवाला भिक्षु चित्त की एकाग्रता को प्राप्त नहीं करता।

151. सारे जगत (नाम-रूप) में जिसका कुछ भी 'मेरा' नहीं है, जो किसी वस्तु के न रहने पर शोक नहीं करता, वही भिक्षु कहलाता है।

ध्यान - प्रज्ञा

152. जिसे प्रज्ञा नहीं, उसका चित्त एकाग्र नहीं होता, जिसका चित्त एकाग्र नहीं वह प्रज्ञावान नहीं हो सकता। जिसमें ध्यान और प्रज्ञा दोनों हैं, वही निर्वाण के पास है।

कल्याण मित्र

153. बुद्धिमान भिक्षु को पहले इंद्रिय-संयम, संतोष और भिक्षु-नियमों का पालन करना होता है। उसे चाहिए कि वह शुद्ध आजीविकावाले, आलस्यरहित कल्याण-मित्रों की संगति करे।

ब्राह्मण कौन है

154. जिसका शरीर शांत है, जिसकी वाणी शांत है, जिसका मन शांत है, जो समाधि युक्त है, जिसने लौकिक भोगों को छोड़ दिया है, वह भिक्षु उपशांत कहलाता है।

155. जो स्वयं अपने आपको प्रेरित करेगा, जो स्वयं अपनी परीक्षा करेगा, वह आत्मसंयमी, स्मृतिमान भिक्षु सुखपूर्वक रहेगा।

156. जो ध्यानी है, जो निर्मल है, जो एकांत सेवी है, कृत-कृत्य है, जो

आस्रवरहित (भोग रहित) है, जिसने उत्तम अर्थ को पा लिया है, उसे मैं ब्राह्मण कहता हूँ।

157. दिन में सूर्य चमकता है, रात को चंद्रमा चमकता है, कवचबद्ध होने पर क्षत्रिय चमकता है, ध्यानी होने पर ब्राह्मण चमकता है लेकिन बुद्ध अपने तेज से सदैव दिन-रात चमकते हैं।

158. ब्राह्मण के लिए यह बात कम कल्याणकारी नहीं, जो वह प्रिय वस्तुओं से मन को हटा लेता है; जहाँ-जहाँ मन हिंसा से विमुख (दूर) होता है, वहाँ दुःख शांत होता ही है।

159. जिसके शरीर, वाणी तथा मन से कोई पाप नहीं होता, जो इन तीनों स्थानों में संयत है, उसे मैं ब्राह्मण कहता हूँ।

160. न जटा से, न गोत्र से, न जन्म से ब्राह्मण होता है; जिसमें सत्य और धर्म हैं, वही इंसान पवित्र है और वही ब्राह्मण है।

161. हे दुर्बुद्धि! जटाओं से तुझे क्या लाभ और मृग चर्म के पहनने से क्या? अंदर से तो तू मैला है, बाहर से धोता है।

162. जो सब बंधनों को काटता है, जो निर्भय है, जो संग और आसक्ति से रहित है, उसे मैं ब्राह्मण कहता हूँ।

163. जो इसी जन्म में अपने दुःख के क्षय को जानता है, जिसने अपना भार उतार दिया है, जो आसक्ति रहित है, उसे मैं ब्राह्मण कहता हूँ।

164. जो विरोधियों में अविरोधी, जो दण्ड धारियों में दण्ड त्यागी, जो संग्रह करनेवालों में असंग्रही है, उसे मैं ब्राह्मण कहता हूँ।

165. चाहे लंबी हो, चाहे छोटी, चाहे मोटी हो, चाहे पतली, चाहे अच्छी हो, चाहे बुरी, जो संसार में किसी भी चीज़ की चोरी नहीं करता, उसे मैं ब्राह्मण कहता हूँ।

166. इस लोक और परलोक की, किसी चीज़ में जिसकी इच्छा नहीं है, जो इच्छा रहित है, जो आसक्ति रहित है, उसे मैं ब्राह्मण कहता हूँ।

167. जो इस संसार में पुण्य और पाप दोनों से परे है, जो शोकरहित है, जो निर्मल है, जो शुद्ध है, उसे मैं ब्राह्मण कहता हूँ।

168. जो चंद्रमा की भाँति विमल, शुद्ध और स्वच्छ है, जिसकी भव तृष्णा नष्ट हो गई है, उसे मैं ब्राह्मण कहता हूँ।

169. जिसने इस दुर्गम संसार जन्म-मरण के चक्कर में डालनेवाले मोह स्वरूप उलटे मार्ग को त्याग दिया, जो पार कर गया, जो ध्यानी है, जो स्थिर है, जो संशयरहित है, जिसने उपादानरहित (स्थिरता) को प्राप्त कर लिया, उसे मैं ब्राह्मण कहता हूँ।

170. जिसने मनुष्य भोगों को छोड़ दिया, दिव्य भोगों को भी छोड़ दिया, जो सभी भोगों के प्रति अनासक्त है, उसे मैं ब्राह्मण कहता हूँ।

171. जो प्राणियों की मृत्यु तथा उत्पत्ति को भली प्रकार जानता है, जो आसक्तिरहित सुगति प्राप्त बुद्ध है, उसे मैं ब्राह्मण कहता हूँ।

172. अतीत, वर्तमान या भविष्य में जिसकी कहीं कुछ आसक्ति नहीं है, जो परिग्रह रहित (अपरिग्रह), उपादान रहित है, उसे मैं ब्राह्मण कहता हूँ।

173. जो श्रेष्ठ है, जो वीर है, जो महर्षि है, जो विजेता है, जो स्थिर है, जो स्नातक (विश्वविद्यालय से उपाधि प्राप्त व्यक्ति, नित्य) है, जो बुद्ध है, उसे मैं ब्राह्मण कहता हूँ।

परिशिष्ट 1

बौद्ध धर्म सार

बौद्ध धर्म को यदि दो शब्दों में व्यक्त किया जाए तो वे हैं- अभ्यास और प्रज्ञायुक्त जागृति। बौद्ध दर्शन तीन मूल सिद्धांतों पर आधारित माना गया है, जो इस प्रकार से हैं :

अनीश्वरवाद : बुद्ध ईश्वर की सत्ता को नहीं मानते क्योंकि उनके अनुसार दुनिया कारण-कार्य की शृंखला पर चलती है। इस शृंखला के कई चक्र हैं, जिन्हें 12 अंगों में बाँटा गया है। अतः इस ब्रह्माण्ड का कोई संचालक नहीं है और न ही कोई उत्पत्तिकर्ता क्योंकि उत्पत्ति कहने से अंत का भान होता है। इसलिए न कोई उत्पत्ति है, न अंत है।

अनात्मवाद : अनात्मवाद का अर्थ जिसे लोग आत्मा समझते हैं, वह तो चेतना का अविछिन्न प्रवाह है। स्वयं के होने को जाने बग़ैर आत्मावान नहीं हुआ जा सकता और शरीर की मृत्यु के बाद आत्मा महा सुसुप्ति (चिर निद्रा) में खो जाती है। अतः निर्वाण की अवस्था में ही स्वयं को जाना जा सकता है।

क्षणिकवाद : इस ब्रह्माण्ड में हर वस्तु क्षणिक और नश्वर है। कुछ भी स्थायी नहीं है, सब कुछ परिवर्तनशील है। यह शरीर और ब्रह्माण्ड उसी तरह है, जैसे कि घोड़े, पहिए और पालकी के संगठित रूप को रथ कहते हैं। इन्हें अलग-अलग टुकड़ों में विभाजित करने से रथ का अस्तित्व ही माना जा सकता।

भगवान बुद्ध को शांति, बुद्धि और जागरूकता का प्रतीक माना गया है। बुद्ध को जानना अर्थात धर्म को जानना है। भगवान बुद्ध के धर्म को बुद्धि का धर्म कहा गया है। अर्थात शुरुआत बुद्धि से है क्योंकि मनुष्य वहाँ

खड़ा है। लेकिन अंत उसका बुद्धि में नहीं है। अंत तो वहाँ है जहाँ सब विचार खो जाते हैं, जहाँ केवल साक्षी शेष रह जाता है।

बौद्ध संप्रदाय : भगवान बुद्ध के समय किसी भी प्रकार का कोई पंथ या संप्रदाय नहीं था। किंतु बुद्ध के निर्वाण के बाद भिक्षुओं में मतभेद के चलते दो भाग हो गए, जिन्हें हीनयान और महायान कहते हैं। महायान यानी बड़ी गाड़ी या नौका और हीनयान यानी छोटी गाड़ी या नौका। हीनयान को ही थेरवाद भी कहते हैं। महायान के अंतर्गत बौद्ध धर्म की एक तीसरी शाखा थी। ज़ेन, ताओ, शिंतो आदि अनेक बौद्ध संप्रदाय भी उक्त दो संप्रदायों के अंतर्गत ही माने जाते हैं।

बौद्ध त्योहार : वैशाख मास के शुक्ल पक्ष की पूर्णिमा के दिन बुद्ध का जन्म हुआ था और इसी दिन उन्हें ज्ञान प्राप्त हुआ था तथा इसी दिन उन्होंने देह त्याग किया था। इसलिए पूर्णिमा के दिन बुद्ध जयंती और निर्वाण दिवस मनाया जाता है। इसके अलावा आषाढ़ की पूर्णिमा का दिन भी बौद्धों का प्रमुख त्योहार है।

बौद्ध धर्म के प्रमुख तीर्थस्थल

1. लुम्बिनी – जहाँ बुद्ध का जन्म हुआ, 2. बोधगया – जहाँ बुद्ध ने 'बोध' प्राप्त किया, 3. सारनाथ – जहाँ से बुद्ध ने दिव्यज्ञान देना प्रारंभ किया और 4. कुशीनगर – जहाँ बुद्ध का महापरिनिर्वाण हुआ।

आठ शुभ चिन्ह :

1. श्वेत शंख : यह शंख अज्ञानता से उठाकर अच्छे कर्म और दूसरों को भलाई करने की प्रेरणा देता है।
2. विजयी ध्वज : जीवन में शारीरिक, मानसिक और अन्य गतिरोधों के विरुद्ध पाई गई विजय का प्रतीक है तथा बौद्ध धर्म के सिद्धांतों की विजय का प्रतीक माना जाता है।
3. स्वर्ण मछली : जैसे मछली निश्चिंत होकर तैरती है, वैसे ही सभी जीवों को निर्भय होकर जीने का प्रतीक।
4. पवित्र छत्री : मनुष्यों को बीमारी, विपत्ति और सभी विनाशी

ताक़तों से सुरक्षित रखने की प्रतीक है। यह अतेज तेज़ धूप से छाया का आनंद लेने का भी प्रतीक है।

5. धर्मचक्र : यह बौद्ध धर्म के सभी प्रकार के सिद्धांतों, जिनका कि भगवान बुद्ध ने अपने उपदेशों में उल्लेख किया है, उसका प्रतीक है। यह निरंतर विकास की ओर इंगित करता है।

6. शुभ आकृति : शुभ आकृति का चित्रण धार्मिक और भौतिक जीवन के परनिर्भरता का प्रतीक है। यह बौद्ध धर्म के अष्टांगिक मार्ग की ओर भी इंगित करता है।

7. कमल का फूल : बौद्ध धर्म में कमल के फूल का अत्यधिक महत्त्व है। यह शरीर, वचन और मन के शुद्धिकरण का प्रतीक है।

8. शुभ कलश : शुभ कलश दीर्घायु, सुख-संपत्ति, आनंद, अनवरत वर्षा।

परिशिष्ट 2

सरश्री
अल्प परिचय

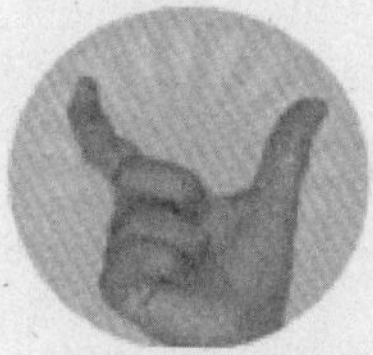

स्वीकार मंत्र मुद्रा

सरश्री की आध्यात्मिक खोज का सफ़र उनके बचपन से प्रारंभ हो गया था। इस खोज के दौरान उन्होंने अनेक प्रकार की पुस्तकों का अध्ययन किया। इसके साथ ही अपने आध्यात्मिक अनुसंधान के दौरान अनेक ध्यान पद्धतियों का अभ्यास किया। उनकी इसी खोज ने उन्हें कई वैचारिक और शैक्षणिक संस्थानों की ओर बढ़ाया। इसके बावजूद भी वे अंतिम सत्य से दूर रहे।

उन्होंने अपने तत्कालीन अध्यापन कार्य को भी विराम लगाया ताकि वे अपना अधिक से अधिक समय सत्य की खोज में लगा सकें। जीवन का रहस्य समझने के लिए उन्होंने एक लंबी अवधि तक मनन करते हुए अपनी खोज जारी रखी। जिसके अंत में उन्हें आत्मबोध प्राप्त हुआ। आत्मसाक्षात्कार के बाद उन्होंने जाना कि अध्यात्म का हर मार्ग जिस कड़ी से जुड़ा है वह है - समझ (अण्डरस्टैण्डिंग)।

सरश्री कहते हैं, "सत्य के सभी मार्गों की शुरुआत अलग-अलग प्रकार से होती है लेकिन सभी के अंत में एक ही समझ प्राप्त होती है। 'समझ' ही सब कुछ है और यह 'समझ' अपने आपमें पूर्ण है। आध्यात्मिक ज्ञान प्राप्ति के लिए इस 'समझ' का श्रवण ही पर्याप्त है।"

सरश्री ने दो हज़ार से अधिक प्रवचन दिए हैं और अस्सी से अधिक पुस्तकों की रचना की है। ये पुस्तकें दस से अधिक भाषाओं में अनुवादित की जा चुकी हैं और प्रमुख प्रकाशकों द्वारा प्रकाशित की गई हैं, जैसे : मंजुल पब्लिशिंग हाउस, पेंगुइन बुक्स, हे हाउस पब्लिशर्स, जैको बुक्स, हिंद पॉकेट बुक्स, प्रभात प्रकाशन, राजपाल ऐंड सन्स इत्यादि।

तेजज्ञान फ़ाउण्डेशन – परिचय

तेजज्ञान फ़ाउण्डेशन आत्मविकास से आत्मसाक्षात्कार प्राप्त करने का एक रास्ता है। इसके लिए सरश्री द्वारा एक अनूठी बोध पद्धति (System for Wisdom) का सृजन हुआ है। इस पद्धति को अन्तर्राष्ट्रीय मानक ISO 9001:2008 के आवश्यकताओं एवं निर्देशों के अनुरूप ढालकर सरल, व्यावहारिक एवं प्रभावी बनाया गया है।

इस संस्था की बोध पद्धति के विभिन्न पहलुओं (शिक्षण, निरीक्षण व गुणवत्ता) को स्वतंत्र गुणवत्ता परीक्षकों (Quality Auditors) द्वारा क्रमबद्ध तरीक़े से जाँचा गया। जिसके बाद इन पहलुओं को ISO 9001:2008 के अनुरूप पाकर, इस बोध पद्धति को प्रमाणित किया गया है।

फ़ाउण्डेशन का लक्ष्य आपको नकारात्मक विचार से सकारात्मक विचार की ओर बढ़ाना है। सकारात्मक विचार से शुभ विचार यानी हॅपी थॉट्स (विधायक आनंदपूर्ण विचार) और शुभ विचार से निर्विचार की ओर बढ़ा जा सकता है। निर्विचार से ही आत्मसाक्षात्कार संभव है। शुभ विचार (Happy Thoughts) यानी यह विचार, 'मैं हर विचार से मुक्त हो जाऊँ।' शुभ इच्छा यानी यह इच्छा, 'मैं हर इच्छा से मुक्त हो जाऊँ।'

ज्ञान का अर्थ है सामान्य ज्ञान लेकिन तेजज्ञान यानी वह ज्ञान जो ज्ञान व अज्ञान के परे है। कई लोग सामान्य ज्ञान की जानकारी को ही ज्ञान समझ लेते हैं लेकिन असली ज्ञान और जानकारी में बहुत अंतर है। आज लोग सामान्य ज्ञान के जवाबों को ज़्यादा महत्त्व देते हैं। उदाहरण के तौर पर – कर्म और भाग्य, योग और प्राणायाम, स्वर्ग और नर्क इत्यादि। आज के युग में सामान्य ज्ञान प्रदान करनेवाले लोग और शिक्षक कई मिल जाएँगे मगर इस ज्ञान को पाकर जीवन में कोई बड़ा परिवर्तन नहीं होता। यह ज्ञान या तो केवल बुद्धि विलास है या फिर अध्यात्म के नाम पर बुद्धि का व्यायाम है।

सभी समस्याओं का समाधान है तेजज्ञान। भय से मुक्ति, चिंतारहित व क्रोध से आज़ाद जीवन है तेजज्ञान। शारीरिक, मानसिक, सामाजिक, आर्थिक और आध्यात्मिक उन्नति के लिए है तेजज्ञान। तेजज्ञान आपके अंदर है, आएँ और इसे पाएँ।

यदि आप ऐसा ज्ञान चाहते हैं, जो सामान्य ज्ञान के परे हो, जो हर समस्या का समाधान हो, जो सभी मान्यताओं से आपको मुक्त करे, जो आपको ईश्वर का साक्षात्कार कराए, जो आपको सत्य पर स्थापित करे तो समय आ गया है तेजज्ञान को जानने का। समय आ गया है शब्दों वाले सामान्य ज्ञान से उठकर तेजज्ञान का अनुभव करने का।

अब तक अध्यात्म के अनेक मार्ग बताए गए हैं। जैसे : जप, तप, मंत्र, तंत्र, कर्म, भाग्य, ध्यान, ज्ञान, योग और भक्ति आदि। इन मार्गों के अंत में जो समझ, जो बोध प्राप्त होता है, वह एक ही है। सत्य के हर खोजी को अंत में एक ही समझ मिलती है और इस समझ को सुनकर भी प्राप्त किया जा सकता है। उसी समझ को सुनना यानी तेजज्ञान प्राप्त करना है। तेजज्ञान के श्रवण से सत्य का साक्षात्कार होता है, ईश्वर का अनुभव होता है। यही तेजज्ञान सरश्री महाआसमानी शिविर में प्रदान करते हैं।

महाआसमानी शिविर

यदि आपके पास सत्य प्राप्त करने की आकांक्षा अथवा इच्छा है तो महाआसमानी शिविर में आपका स्वागत है, जहाँ इस समझ में आपको सहभागी बनाया जाएगा। इस शिविर में भाग लेने के लिए आपको कुछ ख़ास माँगें पूरी करनी हैं। जैसे :

1. आपको सत्य-स्थापना शिविर में भाग लेना होगा, जहाँ आप सीखेंगे - वर्तमान के हर पल को कैसे जिया जाए और निर्विचार दशा में कैसे प्रवेश पाएँ।
2. आपको कुछ प्राथमिक प्रवचनों में उपस्थित होना है, जहाँ आप उस समझ को आत्मसात करते हैं, जो आपने सत्य-स्थापना शिविर में प्राप्त की है और तब आप महाआसमानी शिविर के लिए तैयार होते हैं।

महाआसमानी शिविर में असली अध्यात्म और सीधा सत्य तीन भागों में बताया जाता है- 1. हर वर्तमान पल को जीना, वर्तमान यानी न भूत का बोझ, न भविष्य की चिंता, 2. 'मैं कौन हूँ', यह अपने ही अनुभवों से जानना और 3. स्वबोध की अवस्था में स्थापित होना। यह शिविर

सरश्री की शिक्षाओं पर आधारित है।

स्वबोध यानी 'जो आप वास्तव में हैं' को जानने के लिए आए हुए सभी लक्षार्थियों के लिए यह महाआसमानी शिविर है। यह शिविर साल में तीन या चार बार आयोजित होता है, जिसका लाभ हज़ारों खोजी उठाते हैं।

यह शिविर चेतना की दौलत बढ़ाने के लिए तथा अंतिम सफलता पाने के लिए सत्य के हर खोजी के लिए अनिवार्य है। महाआसमानी शिविर में ईश्वरीय ज्ञान प्राप्ति (सेल्फ़ रियलाइजेशन) के बाद आप वह नहीं रह जाएँगे, जो आज आप हैं। आप नक़ली आनंद से दूर, असली आनंद के मार्ग पर चलने लगेंगे।

महाआसमानी ज्ञान पाने की तैयारी हर खोजी अपने नज़दीक के तेजस्थान पर कर सकता है। आप महाआसमानी शिविर की तैयारी फ़ाउण्डेशन में उपलब्ध पुस्तकों, सी.डी. और कैसेट को सुनकर भी कर सकते हैं। इसके अलावा आप टी.वी. और रेडियो पर सरश्री के प्रवचनों का लाभ भी ले सकते हैं मगर याद रहे, ये पुस्तकें, कैसेट, टी.वी. व रेडियो के प्रवचन शिविर का परिचय मात्र है, तेजज्ञान नहीं। आप महाआसमानी शिविर में भाग लेकर तेजज्ञान का आनंद ले सकते हैं।

मैं कौन हूँ? मैं यहाँ क्यों हूँ? मोक्ष का अर्थ क्या है? क्या इसी जन्म में मोक्ष प्राप्ति संभव है? यदि ये सवाल आपके अंदर हैं तो यह शिविर उसका जवाब है।

महाआसमानी शिविर आपके जीवन का लक्ष्य है क्योंकि यह शिविर आपको भयमुक्त और तनावमुक्त जीवन देता है, दुःख से मुक्ति और दुःखी से भी मुक्ति देता है, सभी समस्याओं का समाधान करता है, आपको नकारात्मक विचारों से निकालकर आत्मसाक्षात्कार कराता है तथा सीधा, सरल, शक्तिशाली और समृद्ध जीवन देता है।

महाआसमानी शिविर की तैयारी नीचे दिए गए स्थानों पर कराई जाती है। पुणे, मुंबई, दिल्ली, सांगली, कोपरगांव, वार्शी, सातारा, जलगांव, अहमदाबाद, कोल्हापुर, नासिक, अहमदनगर, औरंगाबाद, सूरत, वडोदरा, बारामती, मालेगांव, नागपुर, हैदराबाद, भोपाल, रायपुर, चेन्नई।

इस महाआसमानी शिविर में भाग लेकर आप अपनी सत्य की खोज पूर्ण कर सकते हैं। इस शिविर के लिए भोजन और रहने की व्यवस्था की जाती है। यदि आपको कोई शारीरिक बीमारी है और आप नियमित रूप से उसके लिए दवाई ले रहे हों तो कृपया अपनी दवाइयाँ साथ में लेकर आएँ। वातावरण अनुसार गरम कपड़े, स्वेटर, ब्लैंकेट आदि भी लाएँ।

महाआसमानी शिविर में भाग लेने के लिए संपर्क स्थान

पुणे सेंटर : विक्रांत कॉम्प्लेक्स, तपोवन मंदिर के नज़दीक,
पिंपरी, पुणे- 411 017
आगामी महाआसमानी शिविर में अपना स्थान आरक्षित करने के लिए संपर्क करें : 020-67097700/ 09921008060/75, 9011013208

पुस्तकें प्राप्त करने के लिए नीचे दिए गए पते पर मनीऑर्डर द्वारा पुस्तक का मूल्य भेज सकते हैं। पुस्तकें रजिस्टर्ड, कूरियर अथवा वी.पी.पी. द्वारा भेजी जाती हैं। नीचे दिए गए पते पर संपर्क करें :

WOW Publishings Pvt. Ltd.
* रजिस्टर्ड ऑफ़िस - E- 4, वैभव नगर, तपोवन मंदिर के नज़दीक, पिंपरी, पुणे - 411017
* पोस्ट बॉक्स नं. 36, पिंपरी कॉलोनी पोस्ट ऑफ़िस, पिंपरी, पुणे - 411017
फ़ोन नं.: 09011013210 / 9623457873

आप ऑन-लाइन शॉपिंग द्वारा भी पुस्तकों का ऑर्डर दे सकते हैं।
लॉग इन करें - www.gethappythoughts.org
पुस्तकें मँगवाने पर डाक-व्यय की छूट है और 300 रुपयों से अधिक पुस्तकें मँगवाने पर डाक-व्यय के साथ 10% की भी छूट है।

महाआसमानी शिविर स्थान

महाआसमानी महानिवासी शिविर 'मनन आश्रम' में आयोजित किया जाता है। यह आश्रम पुणे शहर के बाहरी क्षेत्र में पहाड़ों और निसर्ग के असीम सौंदर्य के बीच बसा हुआ है। इस आश्रम में पुरुषों और महिलाओं के लिए अलग-अलग, कुल मिलाकर 700-800 लोगों के रहने की व्यवस्था है। यह आश्रम पुणे शहर से 17 किलोमीटर की दूरी पर है। हवाई अड्डा, हाइवे और रेल्वे से पुणे आसानी से आ-जा सकते हैं।

मनन आश्रम, पुणे, सर्वे नं. 43, सनस नगर, नांदोशी गांव, किरकट वाडी फ़ाटा, तहसील - हवेली, जिला : पुणे - 411024.

फ़ोन : 09921008060

सरश्री द्वारा रचित पुस्तकें

विचार नियम

आपकी कामयाबी का रहस्य

द पॉवर ऑफ़ हॅपी थॉट्स

| Total Pages - 200 | Price - 150/-

क्या हम सभी आंतरिक शांति को तलाश रहे हैं?

क्या हम अपने जीवन में आंतरिक शांति और स्थायी पूर्णता की चाहत रखते हैं? साथ ही हमें बेशर्त प्रेम और आनंद की तलाश रहती है। परंतु यह संभव नहीं लगता क्योंकि रोज़मर्रा के जीवन में चुनौतियों में हम उलझकर रह जाते हैं।

क्या हम सभी सांसारिक सफलता पाने की चाहत रखते हैं?

हम सभी संपन्न जीवन का आनंद लेना चाहते हैं। एक ऐसा जीवन जहाँ रिश्तों में भरपूर ताल-मेल और अपनापन हो, आर्थिक स्वतंत्रता हो और उत्तम स्वास्थ्य हो।

हम सभी अपने काम में रचनात्मक और उत्पादक बनकर सर्वोत्तम परिणाम हासिल करने की चाह रखते हैं। लेकिन ये सब हासिल करने की क़ीमत हमें अपनी आंतरिक शांति खोकर चुकानी पड़ती है...

ख़ुशख़बरी यह है कि अब हमें दोनों प्राप्त हो सकते हैं!
'विचार नियम' पुस्तक के ज़रिए –

- अपने आंतरिक और बाहरी जीवन में ताल-मेल बिठाएँ।
- अपनी इच्छानुसार शांत और स्थिर महसूस करें।
- विचारों के पार जाकर अपने 'असली अस्तित्व' को पहचानें, जो आपकी मूल अवस्था है।
- विचार नियमों को अपने जीवन में उतारें ताकि आप अपनी उच्चतम संभावना की ओर सहजता से आगे बढ़ पाएँ।
- मौनायाम की अवस्था में रहकर प्रेम, आनंद, करुणा, भरपूरता व रचनात्मकता जैसे गुणों को अपने अंदर से प्रकट होने का मौक़ा दें।

आइए, बीस लाख से भी अधिक पाठकों के समूह में शामिल हो जाएँ, जिन्होंने विचारों के 7 शक्तिशाली नियमों तथा मत्रों द्वारा आंतरिक शांति और सफलता हासिल की है।

जीज़स

आत्मबलिदान का मसीहा

| Total Pages - 200 | Price - 100/-

सत्य की शिक्षाएँ उच्च चेतना से निकलती हैं, जो सभी को जाननी चाहिए। इसलिए धर्म चाहे कोई भी हो, जीज़स की शिक्षाओं से हर कोई प्रेरणा प्राप्त कर सकता है। मुक्तिदाता जीज़स की जीवनी और शिक्षाएँ तो कई बार प्रकाशित हो चुकी हैं परंतु इस पुस्तक द्वारा आप जीज़स के जीवन और उनकी शिक्षाओं का गहरा अर्थ समझेंगे। जीज़स द्वारा कही गई कई पंक्तियाँ लोगों को विरोधाभासी लगती हैं। इस पुस्तक द्वारा उन पंक्तियों का गहरा अर्थ समझेंगे तो आप जीज़स की शिक्षाओं की सराहना ही करेंगे।

चेतना की उच्चतम अवस्था में स्थित जीज़स ने स्पष्ट शब्दों में कहा, 'तुम्हें जो भी मिलेगा, तुम्हारे विश्वास के अनुसार ही मिलेगा।' आज लोग प्रार्थनाएँ तो कर रहे हैं परंतु उनके साथ क्रियावी विश्वास जोड़ना भूल गए हैं, जिस वजह से योग्य परिणाम नहीं मिल रहे। संपूर्ण प्रार्थना का यह रहस्य इस पुस्तक में विस्तार से समझाया गया है। सूली पर चमत्कार न दिखाकर जीज़स ने अपने आत्मबल का प्रदर्शन किया। जिसे लोग समझ नहीं पाए। हमारे जीवन में भी ऐसी कई घटनाएँ होती हैं, जहाँ हमारे आत्मबल की परीक्षा ली जाती है। पर अफ़सोस हम कई बार हार मान लेते हैं। जीज़स के जीवन से आत्मबल का बेहतरीन सबक़ हम सीख सकते हैं, जिसे 'आत्मबलिदान के मसीहा जीज़स' में विस्तार से दर्शाया गया है। जीज़स ने अपनी शक्तियों का प्रयोग स्वयं को बचाने के लिए नहीं किया बल्कि दूसरों का दुःख दूर करने के लिए किया। इससे हमारे अंदर यह होश जाग्रत होना चाहिए, 'मैं किस चीज़ को अधिक महत्त्व देता हूँ? शक्ति आने के साथ कहीं मेरा लक्ष्य बदल तो नहीं गया है? क्या मैं अब भी उसी दिशा में प्रार्थना कर रहा हूँ, जिस लक्ष्य को लेकर मैं चला था?' ऐसे सवाल हमें जाग्रत रखते हैं। जीज़स के जीवन द्वारा सीखने योग्य ऐसे कई बेहतरीन सबक़ हैं, जो हम सबके लिए प्रेरणा बन सकते हैं। आइए, इस पुस्तक का ज्ञान, समझ और प्रेरणा प्राप्त करें।

सद्‌गुरु नानक

साधना रहस्य और जीवन

| Total Pages - 182 | Price - 100/-

गुरु नानक का संपूर्ण जीवन ही ईश्वर की सराहना था, उसकी अभिव्यक्ति था। उनके जीवन की हर घटना यह बताती है कि किस प्रकार उन्होंने हुकुम के साथ कार्य किया। लोग आज भी उनकी शिक्षाओं का लाभ ले रहे हैं और उनके बताए मार्ग पर चल रहे हैं।

उनका जीवन उन लोगों के लिए प्रेरणा है जो प्रभु के हुकुम पर चलना तो चाहते हैं परंतु हिम्मत नहीं कर पाते।

गुरु नानक एक ऐसे ही महान संत हैं, जिन्होंने उस वक़्त के कर्मकाण्डों पर अपनी वाणी से कड़ा प्रहार किया। उन्होंने सरल भाषा में ज्ञान का प्रचार कर, लोगों को मोक्ष की ओर बढ़ने के लिए प्रेरित किया, जिसका लाभ आज तक लिया जा रहा है और आगे भी लिया जाएगा।

गुरु नानकजी ने अपने जीवनकाल में कई यात्राएँ कीं। उन्होंने ये यात्राएँ क्यों कीं? इन यात्राओं में उन्हें क्या-क्या दिक्कतें आईं? उनके गृहस्थ जीवन का मक़सद क्या था? क़रीब 500 साल पुराने उस दौर में लोग किस तरह के वातावरण में जी रहे थे? ऐसी कई गूढ़ बातों को प्रस्तुत पुस्तक के ज़रिए समझाने का प्रयास किया गया है।

यह पुस्तक आपको हुकुम साधना करने का तरीक़ा सिखाएगी। इसे पढ़कर आप गुरु नानकजी की जीवनी, कहानियाँ और सिखावनियों का अध्ययन कर, ख़ुशी का खज़ाना प्राप्त कर सकते हैं।

अवतारों व संतों की जीवनी और सिखावनियाँ

अनोखा अवतार
ग्लोबल और लीडरगम हनुमान
Pages - 192
Price - 150/-

संत ज्ञानेश्वर
समाधि रहस्य और जीवन चरित्र
Pages - 192
Price - 100/-

पृथ्वी चदरिया
आओ मिलें, संत कबीर से
Pages - 192
Price - 96/-

भारत के दो महान भक्त
भक्त प्रह्लाद की भक्ति और प्रेम की शक्ति
तु का राम, मी का नाही
Pages - 240
Price - 150/-

भक्ति का हिमालय
द मीरा
Pages - 184
Price - 100/-

रामायण
वनवास रहस्य
Pages - 352
Price - 195/-

अन्य आध्यात्मिक साहित्य

निराकार

कुल-मूल-लक्ष्य

Pages - 208

Price - 125/-

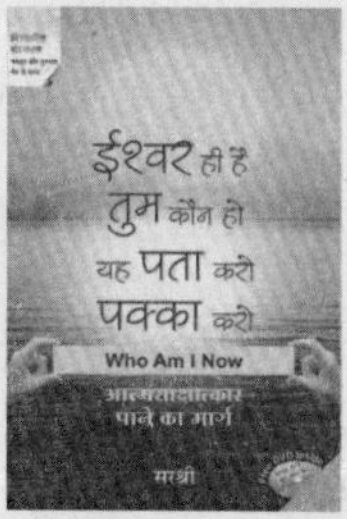

ईश्वर ही है तुम कौन हो यह पता करो पक्का करो

आत्मसाक्षात्कार पाने का मार्ग

Pages - 176

Price - 160/-

ऑरगैनिक अनुभव

अपनी क्षमता पहचानो

Pages - 200

Price - 125/-

कैसे लें ईश्वर से मार्गदर्शन

जो कर हँसकर कर

Pages - 176

Price - 95/-

अन्य आध्यात्मिक साहित्य

महापुरुषों के जीवन से

१२ शक्तियों की अभिव्यक्ति

Pages - 208

Price - 140/-

महापुरुषों की कलम से

विश्व विचारक महावाक्य

Pages - 248

Price - 160/-

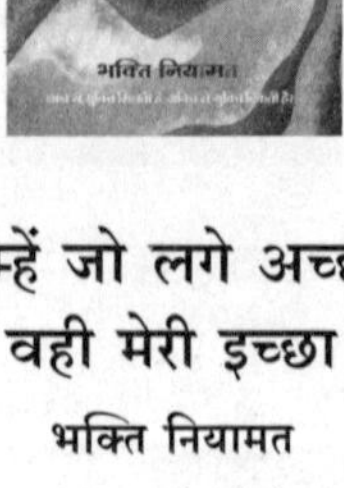

तुम्हें जो लगे अच्छा वही मेरी इच्छा

भक्ति नियामत

Pages - 168

Price - 125/-

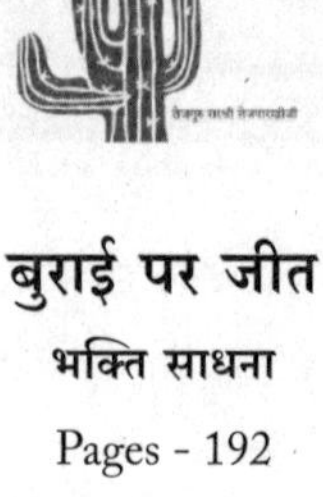

बुराई पर जीत

भक्ति साधना

Pages - 192

Price - 150/-

सरश्री को सुनें

संस्कार चैनल

सोमवार से शनिवार शाम 6:35 से 6:55
और रविवार शाम 8:10 से 8:30 बजे।

हर मंगलवार, शुक्रवार, शनिवार, रविवार सुबह 9:15 बजे रेडियो विविध भारती, एफ़. एम. पूना पर 'तेजविकास मंत्र।'

हर शनिवार सुबह 8:55 बजे रेडियो एम. डब्ल्यू. पुणे,
तेजज्ञान इनर पीस ऐंड ब्यूटी कार्यक्रम।

नोट : उपरोक्त कार्यक्रमों का समय बदल सकता है। अत: समय मिला लें।

तेजज्ञान इंटरनेट रेडियो

24 घंटे और 365 दिन सरश्री के प्रवचन और भजनों का लाभ लें,
तेजज्ञान इंटरनेट रेडियो द्वारा। देखें लिंक :

http://www.tejgyan.org/internetradio.aspx

तेजज्ञान फ़ाउण्डेशन – मुख्य शाखाएँ

पुणे (रजिस्टर्ड ऑफ़िस)

विक्रांत कॉम्प्लेक्स, तपोवन मंदिर के नज़दीक,

पिंपरी, पुणे– 411 017.

फ़ोन : 020-27411240, 27412576

मनन आश्रम

सर्वे नं. 43, सनस नगर, नांदोशी गाँव,

किरकटवाडी फ़ाटा, तहसील – हवेली,

जिला– पुणे – 411 024. फ़ोन : 09921008060

e-book

'The Source', 'Complete Meditation'

& 'Self Encounter' ebooks available on Kindle

Free apps

U R Meditation & Tejgyan Internet Radio on all platforms like

Android, iPhone, iPad and Amazon

e-magazine

'Yogya Aarogya' & 'Drushtilakshya'

emagazines available on www.magzter.com

e-mail

mail@tejgyan.com

website

www.tejgyan.org, www.gethappythoughts.org

– नम्र निवेदन –

विश्व शांति के लिए लाखों लोग प्रतिदिन

सुबह और रात 9 बजकर 9 मिनट पर प्रार्थना करते हैं।

कृपया आप भी इसमें शामिल हो जाएँ।